ヒイロノバンカ

緋×色×輓×歌

燈貓——著
猫ビール——繪

人物介紹

林雅若

表面上是名只有十七歲的普通少女，實際上是個歷經百年歲月的殘酷死神。個性溫柔、心思細膩，可惜的是本人始終不這麼認為，為了不讓自己在收取瀕死之人的魂魄時產生動搖，總是刻意獨來獨往、不與人接觸。

（戰鬥）披著黑披風，隱身時則是黑褐色帶帽斗篷，酒紅色的衣服，過膝的黑色長襪與暗紅色的鞋，用赭色緞帶將頭髮綁於兩側，前額的瀏海略遮住眼睛，手上拿著一把巨大赤棕色鐮刀，長柄末端鑲著一顆祖母綠，整體散發出一股肅殺的死亡氣息。

吳羽芊

具有絕佳運動底子的田徑選手，不服輸的性格使她不願向自己眼中的惡勢力低頭，在不知情的情況下繼承了吸血鬼的血統，由於某些因素再也想不起小時候的記憶，會為了最重要的朋友努力奮戰到底。

（戰鬥）髮梢末端用假髮綁成一個髻，臉頰兩側有微捲髮絲垂下，淺藍色的掛脖削肩長禮服，有蕾絲花紋，後背半裸，後因戰鬥需要將長至腳踝的裙襬撕開到約大腿的長度。武器是一把如關刀般的長形銀白色刀刃。

洛伊

卡穆家族的代理人，擁有深褐色髮絲及冰藍色眼眸，對羽芊的身世瞭若指掌，一直等待機會接近對方。雖然為人神祕總是讓人摸不清究竟是在想些什麼，但語帶輕佻的背後其實藏著不易察覺的溫柔與款款情思。

（戰鬥）雙眸變成暗紅色，左手手指分別套上銀色指環，指環所連接的是浮在半空中的鍊子，武器是鎖鍊，指環可以幻化成一根超過五尺長的銀棍，兩端分別刻著白薔薇的美麗圖案，並扣著一條銀色鍊子。

洪啟暉

同樣在學校具有相當程度撼動力的十七歲少年。出謀劃策是強項，和宛竹碰面總是出現無厘頭爭吵，雖然彼此都將對方視為死對頭，一旦遇見突發狀況兩人卻能以絕佳默契攜手度過難關，雙方對於想保護雅若的心意始終如一。

顏宛竹

個性率真、活潑大方的十七歲少女，不知道為什麼見到雅若的第一眼便很喜歡對方。隨機應變能力強，會用自己的方式來守護自己所珍愛的人事物，不喜受束縛，甜美的外表與驚人的力氣形成強大的反差。死對頭是洪啟暉。

米珈娜

諾斯理家族的大家長，燦金色的微捲長髮搭配著那雙懾人心魂的紫色眼眸，是名美麗且精悍的女人。認識羽芊的外婆，對身為死神的雅若抱有敵意，但兩人結下的樑子是更為久遠的淵源。

目次

01

轉學生

隔了兩個月的漫漫暑假，高中剛開學的第一天全校就顯得特別鬧哄哄，猶如鍋裡沸騰的開水，那股高昂澎湃的情緒只要一接觸便會就地渲染、無可自拔地傳染給每一個人。

一旦開學典禮正式開始，依照先前慣例臺上校長的致辭總是能說得口沫橫飛，尤其是長達兩個月後的第一次致詞，內心深處沉澱許久的智慧結晶想當然耳一定要好好向全體師生進行「分享」才行，縱使排列隊伍與司令臺保持安全距離，還是會有某些同學被校長口內屬於智慧結晶的一部分所波及，可說是「光榮」無比。

根據身為學生的不成文定律，無論是校長還是來賓只要有人拿著麥克風站在臺上，除非是卡拉ＯＫ大賽或者足以引起眾人注意的美麗事物，大多數的人還

是秉持著在底下竊竊私語、站在原地將腦袋澈底放空的標準原則，只有少數人會將思緒放在其他事物上。

林雅若就是一個例子。

剛轉來的雅若並不認識任何人，對於新環境也不熟悉，由於身形略顯嬌弱，於是老師將她安排在隊伍後面有樹蔭遮蔽的地方，避免強烈的陽光把她曬昏了。

就某方面來說，這也算是給予轉學生的特別待遇吧。

即便現在一直面無表情的她臉色依舊無法好到哪去就是了。

「嘿，同學，妳是剛轉來的吧，妳叫什麼名字？我叫顏宛竹。」

這一聲呼喚很快地打斷了雅若的思緒，讓她不禁看了一眼站在她前方有段距離的少女。

少女那頭帶點棕褐色的長髮在兩側分別用金色鈴鐺綁成馬尾，雖然對方和自己同樣都是夏季制服的裝扮，但她的下半身卻是褲裝，制服上衣則是跟男同學一樣繫上黑色領帶。

即使對方的穿著和其他女同學不太一樣，但她甜美外表下所散發的活潑氣息卻能

給人一股不違和的舒適感，並且能感受出她對自己表現出友好。

「妳好，我叫林雅若。」雅若適時給她一個親切的笑容，算是對宛竹釋出善意的禮貌回應。

只不過，這並不代表雅若願意繼續接下去方才的話題。

因為，她向來不喜歡與人打交道。

並非出自於麻煩，而是根本沒有那個必要。

對雅若而言，人類的感情實在太過於錯綜複雜了，只要一不小心掉進這個漩渦便會有身陷其中的危機，因此多餘的情感只會造成她日後工作的負擔而已，親人、朋友這一類的東西她根本不需要，也不在乎。

因為，她是名死神。

一旦對人產生了感情，在收取瀕死之人的魂魄時便會產生憐憫，要是哪天她得親手終結熟識之人的性命時，她是否還能盡忠職守、不逾越自己的本分呢？

她不曾想過這個問題，也無須找出解答，為了避免那天來臨，她選擇與人群保持一定的距離，這是唯一一個能不讓自己與別人受傷的方法。

死神，並不需要情感的存在。

就如同她一直不斷重複著轉學、休學以及復學的舉動，她所遇見的人事物都只會是生命中的過客，不足提起。

很快地，這些人將會被她淡忘掉。

而她，也終將被世人所遺忘。

這很公平，不是嗎？

「林雅若？哇，這個名字好好聽喔！妳好，我叫洪啟暉。」

排在顏宛竹隔壁的少年突然轉過頭來，看起來已經注意兩人的一舉一動有段時間了，那垂下的黑褐色髮絲微微覆蓋住他的右眼，燦爛的笑容有如太陽般耀眼動人，俊俏的臉孔則是讓其他班級的女生都忍不住多瞧了幾眼。

他沒有把領帶繫緊，制服最上排的扣子因少扣了一顆而露出他完美深邃的鎖骨線條，從整體上來看，他並不會給人一種玩世不恭的不良感，反而散發出一股舒適、平易近人的氣息。

而這似曾相似的感覺，似乎在不久前才有過。

金童玉女。

這是繼少年出現後，雅若腦中唯一能想到用來形容他們的詞彙。

只不過，這個近乎美好的想像卻在宛竹開口後瞬間幻滅。

而且，那種幻滅程度還是連一點粉塵都沒留下的最高等級。

「呿呿呿，校長在臺上講話你沒事轉頭幹嘛，你就不怕新同學被你那張臉嚇到嗎？雖然農曆七月還沒過，但你要嚇人好歹也看一下對象吧。」站到隊伍外的宛竹雙手叉腰毫不客氣將雅若護在身後，似乎對洪啟暉抱有莫名敵意。

「顏宛竹，這句話應該由我來說才對，還有，妳自己還不是一樣也轉頭了，有什麼資格說我？」

「我這麼做是為了保護雅若以免她未來遭受某人長相的荼毒，女孩子生來就是要被疼惜的，這種憐香惜玉的道理你到底懂不懂啊？」

「犯規就犯規，沒事牽扯到憐香惜玉幹嘛，人家雅若都沒說話了妳怎麼老愛嚼舌根否定我的外表呢？妳不知道我的長相天生就是外部效益，打從一出生就是要來造福所有女性的眼睛嗎？」

「呵，笑話！雅若沒做出反應是因為她心地善良，怕一開口會害你羞到無地自容，我勸你還是回去照照鏡子吧。不過你要照鏡子前記得先提醒我們一下，我怕鏡子一被你照到後那破裂的鏡子碎片會不小心噴到我們。」

「顏宛竹！有本事下課後我們兩個去『定孤支』啦！」

「來就來啊，誰怕誰！」

就這樣，他們兩人立馬現場吵了起來，那股誰也不讓誰的聲音開始大到引來不少班級行注目禮，就連臺上校長的麥克風聲也被他們兩人的聲音澈底蓋過，而這樣的發展倒是讓最靠近他們兩人的雅若感到有點瞠目結舌。

她突然想起市面上青春校園走向的少女漫畫和小說裡，最基本以及最狗血的劇情模式就是男女主角絕對會在開學第一天互看對方不順眼，從此以後成了一對「有冤報冤、有仇報仇」的歡喜冤家。

既然如此，她能將現在的情況往那方面的發展做聯想嗎？

不，絕對不可能。雅若看著兩人，瞬間否決自己的想法。

即使她已經轉學很多次、看過無數的場面，但今天這種看似小說發展的詭異模

式她還是頭一次見到，總覺得……他們兩個和其他人比起來給了她一種截然不同的感受。

那是一種說不上來的特別感覺。

同一時間，也就是雅若湊巧低著頭思考的時候，雖然啟暉一直和宛竹爭吵著，但他的視線仍會不自覺落到站在一旁的雅若身上。

黑色修長的髮絲不斷隨風飄逸，前額秀麗的瀏海選擇用兩個小熊造型的紫色髮夾夾住，乍看之下整個人呈現出少有的澄澈、透明感，唯一比較令人在意的一點是雅若的眼底似乎潛藏著一股若有似無的寂寞，偶爾會在他們不注意時流露出這年紀不該有的成熟與落寞。

究竟，是怎麼樣的經歷才會讓她露出那樣的神情呢？啟暉心想著。

突然，有個人趁宛竹和啟暉沒注意時悄悄將雅若拉到一旁，雖然動作之快讓雅若有些詫異，但這突如其來的幫助倒讓她頓時鬆了一口氣，得以暫時遠離那兩人的爭吵以及其他人注視的目光。

「放心吧，他們兩個吵架已經是家常便飯了，只要習慣後再怎麼詭異的狀況妳都

有辦法應付自如的，只不過妳可能還需要一段時間適應就是了。」留著一頭蓬鬆短髮的少女微笑道。從少女的外表與氣質來看，雅若推測對方很有可能是名運動好手。

「妳好，我叫吳羽芊，以後如果有什麼問題，妳可以直接向大家提出來沒關係，大家都很樂意替妳做解答的。」

「羽芊，謝謝妳。」

「不客氣。」

羽芊望向正吵得火熱的宛竹及啟暉，語氣中似乎夾雜著少許疲憊。「看來妳很幸運呢。」

「幸運？」

「是啊。」

沒有多做解釋，羽芊只是站在原地望著兩人，那彷彿喃喃自語的聲音小到不知道是說給自己還是對方聽。

「有他們兩個在的話，那就不會有問題了。」

在那瞬間，雅若似乎捕捉到她眼底閃過的一絲哀戚。

……那句話，有什麼特別的涵義嗎？雅若不禁猜想著。

「喂！那幾年幾班的？現在可是開學典禮，你們幾個吵什麼吵？」早已隱忍多時的校長在臺上氣得發抖，手上的麥克風毫不避諱指向喧鬧的來源。「我警告你們，這種時候眼睛要注意在臺上發言的人，不要只顧著在底下聊天，這是基本尊重，聽到了沒？」

「聽到了——」

不知道是因為班級的向心力，還是每次升旗時這個班都被校長點名點到習慣了的緣故，全班竟然在同一時間整齊劃一、異口同聲地作出響亮的回答，而這個舉動倒是讓雅若噗哧一聲笑了出來。

在大庭廣眾之下被校長點名一向是件相當丟臉的事，但這個班級並沒有將這件事歸咎為某些人的錯，彷彿班上的所有人都是共患難的一份子，無論得失成敗通通歸屬於群體。

也就是，那份願意共同承擔的特殊情感。

真難得呢，現在這個世代竟然還有這種東西存在。她笑著，對這個班級多了幾分

興趣。

或許，她應該試著去找尋背後的原因才對。

「咦，雅若妳笑了耶！」停止爭吵的宛竹不經意回頭，湊巧看見雅若的嘴角緩緩上揚。「妳笑起來明明就很可愛呀，所以以後就別老是繃著一張臉了，我喜歡看妳笑的樣子。你說對吧，洪啟暉？」

「那當然，我洪啟暉的眼光可是具有一定水準的，第一時間馬上就看出雅若的資質了。」他突然正經地豎起一根食指，擺出嚴肅的模樣。「妳一定要經常露出笑容才行，否則，就別怪我逼妳。」

「豬頭，你沒事幹嘛威脅人家，信不信我拿刀砍了你？不過說真的，我看『回眸一笑百媚生』這一句根本就是為了雅若而寫的嘛！」

「妳是笨蛋嗎？那是在寫楊貴妃啦！」

「厚，沒差啦，反正都是在講美女。」

◆

好不容易等到開學典禮結束，全班一回到教室坐定後，老師便把雅若帶到講臺上，開始正式介紹她這名轉學生的到來。

「各位同學，這位是這學期剛轉過來的林雅若，如果她有什麼不懂的地方，希望大家能夠多多幫忙照顧她喔。」老師環視全班一遍，隨後露出有些苦惱的表情。「嗯……該讓妳坐哪好呢？」

「老師！」

第一時間啟暉興奮地舉起手，他的熱情嚇得臺上的老師瞬間愣了幾秒鐘。「雅若和大家不熟，但剛剛我們兩個已經認識了，因此就讓雅若坐我後面吧，剛好可以就近照顧她。」

「芭樂啦！你不要講得你好像很了解雅若好嗎？」宛竹瞪了他一眼，「老師，就讓雅若坐我的左手邊吧，比起洪啟暉那神經大條的傢伙，我比較能全天候保護她的安全。」

宛竹，坐妳左手邊不就等於坐洪啟暉後面嗎？請問這樣有什麼好爭的？還有，這

裡只是一個普通到不能再普通的校園而已，應該不需要妳二十四小時保護她吧？要是真的讓雅若坐上那個「寶座」，未來不出事才有鬼！

教室內，全班同學與老師心有戚戚焉地想著。

「顏宛竹，妳不知道妳和雅若站在一起時，雅若非常明顯就是歹徒會想下手的目標嗎？妳可不可以不要因為自己長得很安全就增加雅若被擄走的風險？」

「洪啟暉，所有人當中你最沒資格提『安全』這兩個字。你仔細想想看，你在其他班級的粉絲護衛隊數量有多驚人，要是讓你待在雅若身邊，難保她不會遭受那群瘋狂粉絲的報復，漫畫小說都在演你到底有沒有認真看？」

「妳自己還不是一樣在別班有一群『鐵絲』防護牆，那種粉絲的終極進化版也沒好到哪裡去！」

「那是不一樣的東西！總而言之雅若交給我照顧就對了！」

「不對！是交給我！」

「是我！」

「是我才對！」

現場氣氛瞬間降到冰點，兩人之間緊張的情勢即將一觸即發，雅若看了看面有難色的導師，再看看宛竹及啟暉間再度點燃的戰火，雖然她不清楚這麼做究竟對不對，但她似乎早有定見。

「老師，我坐那個位置沒關係。」雅若伸手拉了拉老師的衣角，她一出聲，全班都瞪大眼睛用下巴快要掉下來的表情看向她。

「雅若，妳是認真的嗎？」老師表情亦然。

全班同學簡直不敢相信耳中所聽見的話，甚至有人不死心拿出棉花棒把耳朵掏乾淨，想再次確認到底是不是自己的耳朵有問題，竟然聽到雅若這麼回答。

洪啟暉，身為某知名企業的獨生子，其家教與聲望深受一般人羨慕及嫉妒。從小就被譽為「天才兒童」，在校優良的成績及俊帥的模樣深受女性注目，也是各高中極力網羅的人才，而顏宛竹的身分同樣也具有顯赫的背景，兩人因為命格裡彼此犯沖，因此平常除了有不得已必要見面的時候外，彼此可說是「王不見王」，否則戰火一開便會一發不可收拾。

總而言之，光是以上這些有如漫畫小說般才會出現的王道設定就已經讓旁人感到

無比慨嘆了，要是未來真有什麼人事物足以成為兩人之間的導火線，那麼大家眼中所謂「清靜」的日子大概可以直接泡沫化不必去想像了。

畢竟，現在都已經有王道設定出現了，還會怕這世上不會即時冒出「假偶然，真必然」的突發狀況嗎？

這下可好了，傳說中一定會出現的「偶然」終於在大家面前現身了，要是雅若真的坐到那個「寶座」上，那麼想當然耳宛竹和啟暉之間的戰爭鐵定會沒完沒了。

「老師，我是認真的。」

此話甫一出，隨即在班上造成轟動，馬上成為同學們熱烈討論的話題，除了顏宛竹和洪啟暉兩人因雅若坐在他們附近感到特別高興外，其他人大多抱持著悲觀的態度，有人已經開始思考未來得面臨怎樣的戰況了。

「既然妳都這麼說了，那妳就坐那裡吧，附近的同學要好好照顧她哦。」老師扶額無奈指向那個空位，她的表情似乎已經不是能用苦惱來形容了。

……其實只要有他們兩個在就夠了吧。全班同學心中再次默默表示。

就在班上同學將注意力與話題全放在雅若身上時，一陣由遠而近的急促腳步聲被

淹沒在一片喧囂當中，那於走廊上奔馳的身影最後在教室門前停了下來。

「李老師，不好意思跟妳借用幾分鐘的時間說話。」

一個略帶沙啞的男聲從教室門口響起，從他紊亂的呼吸節奏可以得知，應該是發生了什麼緊急事故才讓他如此著急。

「呂主任？」

李老師顯得有些困惑，對於主任出現在此的目的感到些許遲疑，因為學校若有事情要處理，通常會直接撥辦公室的分機電話或請學生跑腿代為轉達，主任級的人物實在不太可能親自出馬才對。

除非，對方帶來的消息非同小可。

「麻煩快一點，這事情太突然了，恐怕有點棘手。」他的眼神左顧右盼，臉上出現一絲惶恐與不安，彷彿有什麼情緒正極力壓抑。

「同學們，我先出去一下，很快就會回來。」

李老師丟下這句話後便趕緊跟著主任走到教室外面，但有部分好奇的同學不斷探頭往窗外看，發現老師與主任聊的過程中臉上的表情逐漸出現異樣。

似乎是，有什麼重大的事情即將發生。

「對了，你們沒發現李蕙琪今天好像沒來嗎？」一名同學小聲說著，「他們在講的事情會不會和她有關啊？」

「欸？」若他沒問，其他人根本沒注意到這件事。

「你不要烏鴉嘴行不行？難道你就這麼希望同學出事嗎？」

「我又沒有說蕙琪怎樣，這種事還是直接問羽芊和盈瑩比較快吧，平常她們三個都在一起，問問看蕙琪有沒有跟她們說要請假就好了。」

「可是今天盈瑩感冒請假，羽芊為了準備比賽的訓練剛剛才早退離開而已，還有誰平常和蕙琪比較熟嗎？」

從原本的竊竊私語到音量逐漸擴大的討論，有人甚至離開座位偷偷躲在教室前門附近，打算試試能否偷聽到一些談話內容。

雖然雅若並不認識蕙琪，但雅若知道此時此刻大家都對她的安危感到憂心，對於這麼一位素昧平生的同學，雅若當然也十分關切對方目前的去向。

而且，她感覺到事情似乎不太單純。

如果只是單純的因故未到校那倒還好，但要是真與性命扯上關係，那才是個嚴重的問題。

因為，她並沒有在這所學校嗅到任何死亡的氣息。

這裡，乾淨得連一點點血腥味都聞不到。

「你們幾個在做什麼？還不快點回座位上坐好！我有重要的事情要宣佈。」

不知過了多久，走進教室的李老師突然大聲吆喝，一反平日溫和形象的她此刻鐵青的臉孔佈滿淚痕與憤怒，雅若當下直覺判斷自己心中隱藏的憂慮確實成真。

「從現在開始，放學時間一過絕對嚴禁到校閒晃，要是誰敢來被我發現，我就記他一支大過！聽到了沒？」緊握的拳頭因氣憤而悄悄顫抖著，即便強忍住自己的情緒，在眼眶打轉的淚水終究還是不爭氣地從雙頰滾落。

「就跟你們說放學後沒事不要再回到學校，但為什麼就是有人不聽？為什麼？為什麼你們都不肯乖乖聽老師說的話？現在出事了，我們怎麼做也無法挽救啊……」

她用雙手摀著自己的眼，不想讓大家看見她失態的模樣，但那哽咽的聲音還是出賣了她的心情。「一個年輕的生命就這樣沒了，怎麼想都覺得很不甘心啊……」

從很久以前她就對人承諾過，一旦她成為了老師，那她就不會在學生面前落淚，但如今聽到這麼一個令人痛徹心扉的消息，她又怎有辦法在學生面前故作堅強？

一直以來，當老師的她總免不了對學生耳提面命，但真正有把她的話聽進去的又有多少？還記得當年她信誓旦旦地對人說自己一定有辦法保護自己的學生，但現在看來，這不過是她年少輕狂時所說過的一段荒唐話罷了。

是的，她又再一次毀約了呢。

原來，她根本不是當老師的那塊料。

過沒多久，校長從外頭走了進來，扶著對方緩緩往校長室前進，準備進一步向她說明目前警方的處理狀況。

後來雅若才知道，原來這名素未謀面的女同學昨晚已在學校的三樓連接走廊遇害，死因是全身的血液被吸食乾淨。

當然，氣味被收拾得一點兒都沒有殘留。

是極盡完美的手法。

「喏，事情還真是棘手啊。」雅若不禁喃喃自語道。

隨後，她的嘴角微微揚起。

「沒有經過我的准許就擅自終結別人的性命，這能不能算是對死神的一種挑釁呢？」

02

潛伏的黑影

夜，如墨色的幕悄悄拉上，彷彿有什麼不為人知的祕密，正驅使好奇的人想辦法一窺她所遺留的暗語。

如銀、如雪般的明月懸在高空，皎潔的月光猶如乳白色的牛奶，不小心翻倒灑滿整個大地。

「啪茲、啪茲。」

「啪茲、啪茲。」

驀地，玄關陳舊的大燈驟然一暗，唯一的照明設備在熄滅的那一瞬間冒出濃濃的燒焦味，伸手不見五指的空間伴隨水龍頭的滴答聲，潛伏於陰影中的恐懼開始隨著時間推移悄悄放大、恣意蔓延。

現在是晚上十一點半，但警衛室的警衛早已睡得不醒人事，放任眼前的電視機發出沙沙的吵雜噪音。

而這一個靜謐的夜裡，似乎安靜得令人起疑。

照理來說，學校晚自習的學生們應該都早已收好

書包、快步離開學校了才對，然而此刻走廊上卻出現一道不該出現的影子，趁著四下無人的空檔直往四樓美術教室急速奔去。

「嘎咿——」

彷彿事前說好般，教室的門並沒有上鎖，因此輕而易舉就被打開了。影子主人的衣襬與地板摩擦發出沙沙的聲響，手上提的油燈晃呀晃，原本亮晃晃的燈火隨著動作開始忽明忽滅，直到對方在一面鏡子前停了下來、緊接著直接打開櫃子。

掛在牆壁上的精緻肖像畫在微弱的燈光下顯得特別陰森，看似甜美的笑容也在此刻變成詭譎恐怖的獰笑，如果仔細端詳牆上的每一幅作品，便會發現畫作中的主角似乎都是同一人。

只不過這並不能引起影子主人的注意，因為和他目前的情況比起來，這點小事根本微不足道、他有更重要的使命必須完成。

突然，「咻」的一聲，油燈的火苗瞬間熄滅。

這突如其來的意外頓時讓影子的主人慌了手腳，因為剛剛並沒有起風，而且燈裡的油他出發前才添過而已，不可能就這麼輕易熄滅的，由此可見，那只有一種可能

性——

這裡有人！

他下意識轉身，只見朦朧的月光下門口出現一道細長的身影，對方身穿黑褐色的帶帽斗篷，可惜的是依舊看不清楚來者面容。對方手上所持的物體長度高過自身頭頂，如彎月般的弧度展現出一股危險而美麗的不可接近感，那謎樣的東西在月光下反射出疑似金屬的光澤，讓他不自覺倒退一步。

那是，一把鐮刀。

或許是鐮刀的主人察覺到他有所行動，也很有可能是自身直覺判斷，那股源自體內的莊嚴與殺意一時之間傾瀉而出，不斷充斥整個空氣的壓迫感頓時震懾住影子的主人。

不過是彈指的時間，等他再度眨眼時，對方的身影早已失去了蹤跡，猛一抬頭，只見對方輕巧的身子早在無人察覺之際快速越過眼前的桌子，下一秒，映入眼簾的是半空中往自己方向用力揮下的巨大鐮刀……

「哐啷——」

擺在桌上的顏料瓶直接被從中腰斬，五顏六色的顏料澈底灑了一地，猶如隨地綻放的怪異彩花，骯髒、參差不齊的錯亂感頓時眩惑了眾人的雙眼，化學物質刺鼻的臭味頃刻衝入鼻中，那股暈眩想吐的感覺不禁油然而生。

該死，不該發生這種事的……

適時閃過對方攻擊的他額頭沁出一絲冷汗，警戒的眼神始終盯著眼前的人物，以防對方有下一波攻擊。他不清楚對方究竟是敵是友，只能從短暫的時間思考目前的局勢與未來各種狀況發展的可能性。

鐮刀的主人手持武器，刀身末端除了剛才所沾染的顏料外，還有令人怵目驚心的紅，他充滿嘲諷與輕蔑意味的笑此時看來猶如帶著醜陋面具的瘋狂小丑，站在原地沒有繼續進攻的他將鐮刀指向前，似乎打算看對方會有怎樣的應對方式。

被利刃劃開的袍子開始滲出血絲，緊接著一道溫熱的液體從影子主人的左肩膀緩緩流下，濃濃的血腥味不斷沁入鼻尖，當中帶點甜腥。

還有，一股令人難忘的甜美香氣。

對於自己肩膀傳來的痛楚他沒有多少時間理會，反倒是傷口之大讓他頗感訝異，臉

色也不自覺沉了下來，因為根據計算他以為自己應該會很輕易躲過對方的攻擊才對。

到底，是哪邊出問題了？

突然，他覺得腦中的思緒開始混亂了起來，似曾相似的燥熱感不斷從體內湧現，這些徵兆讓他不得不盡快想辦法集中自己的精神，因為他眼前的視線已逐漸模糊了起來。

血……是血啊……

影子的主人下意識捂著肩膀上的傷，開始不斷劇烈喘息，從僅存的意志他意識到要是連方才的攻擊都無法順利閃避，只要再來一次，處於這種狀態的他實在很難保證可以全身而退。

既然如此，那就行動吧。

沒有絲毫猶豫，他迅速轉向背後的窗戶、單手攀在窗緣上騰空躍起，於空中劃出一道優美的弧度後直接從四樓窗戶一躍而下，彷彿具有輕功般，輕巧的身子落地後直往反方向跑去，最後消失在黑暗的校園中。

看到這一幕鐮刀的主人並不吃驚，也沒有要追趕對方的打算，只是任憑隨風揚起

的黑褐色斗篷於風中恣意飛舞。他望了一眼對方消失的方向，隨後彈了一個響指，墨色的身影也悄悄跟著影子的主人一同消失。

彷彿今晚所發生的一切，根本不曾存在過。

然而，就在兩人消失的那一刻，躲在遠方樹梢將一切盡收眼底的人影如貓兒般輕輕躍下，狂亂的髮絲與她瘋狂的眼神相互呼應，只見她一步一步往教室的方向走去，在月光的照射下她的肢體似乎顯得有些扭曲與怪異。

「唉呀呀，看來有調皮的小貓偷跑進去玩了呢，真傷腦筋。」

她歪著頭輕輕靠著牆上的肖像畫，隨後以愛憐的口吻撫摸著畫中人物的臉龐，眼底盡是不捨。「幸好沒受傷，否則又要生氣了，這對保養可是很傷的呀……」

「看來，下一場戲得再更激烈點才行。」

◆

今天一早，雅若大老遠就看見校門口異常人潮擁擠，如果是平日家長接送的盛況

她可能早已習慣，但今天不知道為什麼門口圍了一群身上戴著「記者證」的人，而警衛則是盡忠職守地將外來人士通通擋在外頭。雖然她沒有在現場看見SNG車，不過總覺得這件事非同小可，應該會在學校掀起一陣風暴才對。

雅若懷抱著這樣的思緒緩緩往教室方向前進，只不過當她前腳才剛踏入教室，馬上就聽見宛竹對她的高聲呼喚。

「雅若，我跟妳說喔，我們那個愛漂亮的美術老師又發飆了呢！」宛竹跑到雅若桌前興奮道，臉上的表情似乎有點幸災樂禍。

「說真的，每次只要美術教室有毀損還是有人沒經過她允許偷跑進去，她都會像這樣大發雷霆，只是不知道為什麼她這次好像完全炸掉了。」

「美術老師？」

「啊，對吼！」宛竹恍然大悟地右手握拳擊掌，「妳才剛轉來沒多久，除了暑期輔導外，我們班目前好像也還沒上到美術課的樣子。」

「我們學校有個美術老師叫做仁美，雖然已經四十多歲了，但她的臉保養到看起來只有二十來歲，平常最忌諱有人背地裡喊她老女人。她還有另一項禁忌，那就是不

能冒犯她最愛的美術教室。」

「只要有人去動她心愛的美術教室，大庭廣眾之下被她臭罵一頓倒還算小事，曾經就有個不知死活的學生只是打開美術教室的抽屜找剪刀而已，氣得美術老師跑到導師辦公室鬧說非要記對方大過不可，要不是校長再三勸阻，那名學生大概就成為第一個因為找剪刀而被記過處分的首例了。」

不知道從什麼時候開始，啟暉偷偷在雅若身後出現，順便補充一下關於美術老師的情報。

「而且這次美術教室的損害程度和以往相比簡直不可言喻，應該有人偷偷用臉書直播現場了吧，相信過不久採訪車也會跟著出現的。」

「所以說這根本就是一個千載難逢的好機會嘛！」宛竹難得露出興奮的表情，「你們仔細想想看，一個美術老師究竟有什麼原因可以讓她對於美術教室有這麼深的堅持、甚至為了維護教室不惜與學生為敵呢？相信媒體對這件事也很感興趣，只要靠他們鍥而不捨的毅力去追查真相，美術老師的祕密鐵定就能曝光了！」

宛竹不由自主發出嘿嘿嘿的竊笑聲，整個人笑起來的模樣就跟狡猾的狐狸一樣奸

詐，她之所以會以幸災樂禍的態度來看待這件事，是因為她早就恨不得有一天能夠將美術教室的祕密公諸於世。

每次一到上美術課的時間，宛竹總是心不甘情不願拖著沉重的腳步往美術教室前進，因為她非常討厭束縛，也很不喜歡班上同學一到美術教室就產生綁手綁腳的緊迫感與壓力。在仁美老師的眼底下，大家做任何事都不敢輕舉妄動，因為誰也不敢斷定只是去拿個廣告顏料而已，會不會就因此成為引爆老師脾氣的導火線呢？

如今，美術教室的話題再度浮上檯面，只要有人願意去掀對方的底牌，哪怕只是一小角一定也能像骨牌效應那樣引發不少人去探究的好奇心，到時有那麼多雙眼睛在看，隱藏得再好的祕密也會有曝光的一天。

一想到這裡，宛竹嘿嘿嘿的笑聲再度迴盪四周。

明顯感受出宛竹身上散發出邪惡氣息的雅若，完全不知道這個時候是否該把對方從自己的想像中拉出來比較好。

嗯，還是當作什麼都沒看見吧。這是雅若下的最終結論。

「雅若，別理宛竹。」啟暉直接伸手摟住雅若的腰，澈底將她和宛竹的距離拉

遠。「她這個人腦袋平常就不太正常，所以放任她繼續沉浸在自己的世界沒關係，反正該醒來時她就會自動醒來……」

說時遲那時快，啟暉話都還沒有說完，不知從哪飛出來的國文課本突然「啪」的一聲不偏不倚直接命中對方帥氣的臉龐，其驚人的瞄準力完全避開任何會傷害到雅若的可能性。

雅若就這樣瞪大雙眼吃驚地看著一本約三百頁左右的課本緩緩從啟暉臉上滑下，後者被攻擊到的部位雖然逐漸泛紅，但他本人依舊十分帥氣地維持著他被打到前的表情與動作。

有個成語叫做「神態自若」，大概就是在形容洪啟暉此時的狀態吧。

「唉呀呀，不小心打到人了還真是抱歉啊。最近登革熱疫情有些失控，我本來想說要瞄準後方佈告欄上那隻該死的蚊子，怎知道自己功力奇差、澈底失了準頭呢……還是說，我的身體其實會下意識攻擊危害世人的『拍咪訝』？嘖，真傷腦筋啊——」

宛竹笑容可掬地向對方道歉，只不過身上似乎冒出一團熊熊烈焰，一種名為「哩災系呀」的妒火直接衝著洪啟暉來。

奇怪的是啟暉見狀後非但沒生氣，反倒笑盈盈地走向前，臉上那抹燦爛無比的專業笑容簡直耀眼到可媲美雜誌封面的明星了。

「對呀顏宛竹，妳怎麼這麼不小心呢？要打蚊子就應該掌握『快、狠、準』這三項原則才對，我相信妳一定非常明白這個道理吧！不過俗話說得好，『神仙打鼓有時錯，腳步踏錯誰人無』，就連我也是有可能會不小心出錯呢……」

隨後，啟暉手邊的一張桌子毫無預警飛向宛竹。「抱歉，手滑了一下。」

啟暉得意地看著宛竹，眼中帶點挑釁的意味，似乎有意和對方較量一番。

只不過，宛竹也不是什麼簡單的角色，她用單手輕而易舉地接住桌子、隨意將它往後方黑板的方向扔去。雖然說桌子是木製的，但與黑板相比再怎麼看都是後者比較堅固才對，誰知道宛竹的力氣無法與常人相提並論，只見遭受桌子強烈撞擊的黑板竟然瞬間被撞出一個明顯的巨大凹洞，附近細小的裂痕逐漸擴大、加深，不到幾秒鐘的時間黑板馬上應聲裂成兩半。

「不錯嘛。」她一如既往地開始折手指，「可惜還是差了點。」

現在，宛竹和啟暉兩人各自站在教室的一前一後，彼此臉上的笑容可說是越發燦

爛，從他們交會的視線中似乎可以看見當中流竄一股帶有強大恨意的電流正「啪滋」作響，一股濃濃的火藥味開始瀰漫整間教室。

就在此刻，率先打破沉默的宛竹手上竟捧了一顆不知從哪弄來的巨無霸榴槤，從她臉上的表情來看現場所有人都知道她不是在開玩笑。

天啊！這不砸死人也丟半條命了吧？誰能告訴我現在是怎麼一回事，這一點都不科學啊啊啊啊啊——

「接招！」

就在雅若心中開始吶喊外加來不及做出阻止動作的同時，宛竹早就不費吹灰之力把整顆榴槤狠狠砸向對方。

為了避免目睹接下來發生的慘案，也為了減緩兩人之後帶給她的認知衝擊，雅若忖度一番後決定暫時撇開道德良知，悄悄在兩人一發不可收拾的戰火中偷偷溜走。

◆

趴答、趴答。

趴答、趴答。

和早上具有學生活潑朝氣的校園相比，位於四樓的教室乍看之下顯得陰暗許多，給人一股強烈的反差感。

原有的喧囂在這化為烏有，杳無人煙的詭異現象使身在其中的雅若感到渾身不自在，一時之間還無法適應這太過安靜的環境。

不知道是因為現在仍是早自習時間，還是因為這所學校的四樓基本上通通都是科任教室的所在位置，這裡和其他樓層相比簡直天壤之別，寂靜到連雅若都能清楚聽見自己的呼吸聲了。

到了。

經過無數間教室後，雅若忽然在一間教室門前停了下來，只見上頭牌子寫著「美術教室」四個大字，與其他門牌與眾不同的是歪歪扭扭的手寫字體早已禁不起歲月摧殘，脫落後被重新寫上的痕跡清晰可見。

沒有任何遲疑，雅若上前輕輕轉動門把，出乎意料地發現門竟然沒有上鎖，內心

經過一番盤算後她隨即將門打開，迎面而來的卻是一陣從腳底板竄升至腦門的寒意，讓人不禁打起哆嗦。

才剛踏進第一步，雅若就感受到前所未有的壓迫感，眼前的景物瞬間晃成一明一暗的模糊畫面，在恍惚之餘向她襲來的是頭部疼痛欲裂的重擊感，讓她不得不選擇閉上眼睛。待雅若重新睜開眼時，視線所觸及的範圍頓時猛然一震，如潭水般深不見底的黑眸有著永無止境的殺意，而眼前的異象也在霎時如幻象般碎裂，一切止於平靜。

好暗。

摒除結界對特定入侵者的負面效益後，雅若從裡頭仔細瞧才發現原來每扇窗都被拉上了窗簾，除了伸手不見五指外，還有一股難聞的刺鼻味於空氣中瀰漫，令人作嘔。要不是因為有一幅窗簾不斷隨風輕微擺動，讓些許陽光悄悄流瀉進來，雅若大概也不會發現有扇窗戶的玻璃就這樣破了。

喀啦、喀啦。

喀啦、喀啦。

繫於腰間的金鎖片發出輕巧的撞擊聲，是巧合，亦是警戒，清脆的聲音在此時顯

得格外響亮。

如果只是單純不希望有人破壞美術教室才禁止閒雜人等進入，那事發之後，首先要做的應該是趕緊把現場恢復原狀吧？

……還是說，有什麼原因讓她連打掃的人也不准進入？

一想到這裡，雅若的嘴角不自覺揚起，先前的臆測也從一開始的猜疑轉變成肯定，雖然事情的前因後果她還沒弄清楚，不過目前能肯定的是這所學校確實隱藏了不可告人的祕密。

畢竟，會針對「死神」設下特殊結界的人並不多啊。

正當雅若考慮是否該趁早自習結束前打道回府時，腳邊驟然觸及的異物讓她下意識低頭察看，待物體完整映入眼簾這才發現原來是盞外觀輕微受損的復古油燈。

若仔細看會發現上頭有著細緻的白薔薇花紋，兩旁的扣環以白玉細雕，半透明的底座則是特地用水晶作為點綴，整體給人一股飄忽不定的透明感，不管怎麼看這盞特殊的油燈都應該是特別訂做，或者特定人士所持有才對。

這油燈，壞掉了呢。

雅若不禁喃喃自語道，總覺得這盞油燈隱藏著什麼訊息，就在她將物體拿在手上把玩時，油燈底座無預警地亮了一下，霎時引起她的注意。一時好奇心大作的雅若索性將底部朝上，結果一經她的碰觸後底座隨即發出柔和的藍色光芒，忽明忽滅的光輝讓眼尖的雅若發現了刻在上頭的奇怪符號。

原本以為是小孩子的亂塗鴉，但當雅若認出那古老的文字曾在記憶中出現過後，眼底閃過一絲流光的她立刻用指尖在文字上頭輕輕劃過，待文字如水痕般逐漸淡去後她這才鄭重地將油燈放回原位，隨後起身拍去裙子上的灰塵慢慢走出教室。

而在她離開教室的同時，繫於腰間的金鎖片從原本的金黃色色澤瞬間轉變成為木炭般的黑，悄悄化成灰、一點一滴隨風而去。

03

真相

鮮紅的月，如血，若鉤，懸在天邊。

緋色的雲，若霧，迴繞在四周，想網住今晚的祕密，卻網不住腥血的霧氣。

靜。

原本有些躁動的夜晚突然安靜了下來，連夏夜常見的蟲鳴也在瞬間戛然而止，然而就在沒有任何燈光照射的情況下，學校昏暗的連接走廊驀地出現兩道人影，細碎的交談聲於此時顯得格外清晰。

「羽芊，謝謝妳，這麼晚了妳還願意陪我到學校拿物理講義。」盈瑩抱著講義小聲道，偶爾會偷偷瞄一眼與自己並肩齊走卻又比自己高出一個頭的羽芊。

不知道為什麼，她總覺得對方的眼神似乎因疲憊而顯得渙散。

應該是錯覺吧。她如是想著，很快地將那股異樣

感拋到腦後。

「明天又要小考了，希望老師不要出太難才好，否則我準備得那麼久要是題目一發下來都不會寫，那我鐵定會哭死。說真的，我最近都在想該怎麼把小考成績拉高才不會影響學期平均呢。」

「在想怎麼把成績拉高前，妳是不是得先解決妳健忘的老毛病？妳啊，就是這麼迷迷糊糊，叫妳不要把書通通放在學校妳偏偏不聽，下次要是再忘記，妳這學期的物理我鐵定讓妳被當，連補考也不必去了。」

「吼呦！我才不要像妳每天都揹那個重死人不償命的書包上下學呢！難得人家對這次段考信心十足，稱讚我一下又不會怎樣，這學期一上完物理課我都很認真寫題目哦，到時一定可以及格的。」

「是啊，只要一個月後還能這麼努力不懈、小考老是考十幾分的某人把簡諧運動的定義搞清楚就有機會。」

羽芊漫不經心的回答並沒有讓盈瑩覺得奇怪，只是不知道為什麼她的走路速度似乎越來越快、越來越快，快到連身旁的盈瑩都不禁開始小跑步起來了。

「羽芊妳走慢點啦！妳走那麼快我快跟不上了啦！」

她的呼吸有點急促，見兩人的距離不減反增、甚至還越拉越大，慌張的她趕緊出聲希望對方能稍微放慢速度，奇怪的是羽芊並沒有像往常那般回應她，反倒是一個人逕自往樓梯口的方向快步走去。

不對，這裡不大對勁，除了我和盈瑩外，這裡完全沒有其他活物的氣息。

為什麼？為什麼會變成這個樣子？絕對不能再重蹈覆轍了——

紊亂的步伐隨著腦袋一片混沌開始逐漸失控，察覺有異的羽芊一心一意只想趕快離開學校，卻沒有發現始終跟在身旁的盈瑩其實並沒有跟上她的腳步。

突然，一股莫名的燥熱感於胸口湧起，讓她難過得不得不停下腳步，只能用手摀著自己的胸膛。

好熱……真的好熱啊……

跌坐在地上的她用力扯開制服領口不斷大口喘氣，想藉此讓呼吸順暢些，豆大的汗珠不斷從額頭沁出，不自覺地，她的喉嚨跟著發出一聲低沉的嘶吼，有如被烈火灼燒般乾燥不已。

「啊嗚──」

遠方傳來熟悉的狼嚎聲，劃破今晚寂夜的靜謐，而她的動作也在剎那定格，猛一抬頭，詭譎的月色此刻正散發出一股難以抵擋的誘惑，不曾有過的凝重氛圍開始逐漸蔓延。

「……盈瑩，妳在嗎？」模模糊糊，她口中吐出這句話。

盈瑩沒有答話，回答她的只有寂靜的長廊及葉子沙沙的聲響。

「盈瑩……」

趴答、趴答。

趴答、趴答。

輕微的腳步聲驟然出現，羽芊茫然地望向黑漆漆的走廊，一道模糊的人影出現在離自己不遠之處。

她的眼神有些迷離，神情恍惚的模樣讓人捏了把冷汗，只見她的右手不斷抓住自己的左肩，似乎正抵抗某種未知的力量，只是一眨眼而已對方漆黑的瞳孔竟頃刻轉變成深紅色，宛若抓準時機準備廝殺一場的獵豹，興奮得往人影直接撲了上去。

「鏘！」

銳利的獠牙直接被對方的巨大刀身擋了下來，羽芊連忙跳開將彼此的距離拉到最大，以便採取應對措施，她蹲下身覷著眼想看清楚對方的容貌，卻看見了她再熟悉不過的身影。

月色朦朧，一名披著黑色披風的少女拿著一把象徵死神的赤棕色鐮刀，酒紅色的衣襬隨風起舞，過膝的黑色長襪下踩著一雙暗紅色的鞋，用赭色緞帶綁於兩側的修長髮絲在風中飄揚，前額的瀏海似乎因為沒有用髮夾夾起來而顯得略長。

「好久不見了，雅若。」羽芊站了起來，一貫的深紅色眼眸有著藏不住的殺氣。

「是啊，算起來我們也好一陣子沒碰面了呢，比賽的特訓還順利嗎？親愛的同學。」

與白天文靜孱弱的形象截然不同，此刻死神所彎起的是一個美麗得接近危險的笑，她單手托腮、歪著頭蹲在女兒牆上，那似笑非笑的神情恰巧與手上那把鐮刀形成強烈對比，卻不約而同散發出一股不容忽視的危險氣息。

「妳來得真不是時候。」

「哦，看來我破壞了一場好戲呢。」

「廢話少說！盈瑩人呢？妳對她做了什麼？」

「放心，我只是讓她暫時進入夢鄉而已，我可不會傻到暴露自己的身分。」

一個清脆的響指聲後，倚著牆面的盈瑩緩緩現形，只見她屈膝雙手環抱著物理講義，進入了香甜的美夢。

「是嗎……」確認盈瑩安全無虞後，雖然只有一瞬間，但雅若確實捕捉到對方眼底的欣慰之色一閃而逝。

「看來，妳似乎搞錯優先順序了呢。」

「偶爾做做善事積點陰德又有什麼關係，說不定我體內還殘有一絲人性，要是會像人類感到過意不去那可就麻煩了。」她無奈地擺擺手，笑得極為輕蔑。「反正對『死神』來說，吸血鬼是必須剷除的存在不是嗎？」

一般而言，性命的終結通常由死神接手，一旦有人即將離開人世，死神便會嗅到死亡的氣息，按照規定前來迎接魂魄歸往它們的容身之處。這是死神的工作，也是使命，然而那些死於吸血鬼獠牙下的生命就不一樣了。

吸血鬼非人亦非鬼，一旦他們面臨死亡，留下的只會是一地的灰燼，不會有魂魄需要死神來牽引，而那些被他們所看上的獵物多半不會有什麼好結局，運氣好一點的會成為吸血鬼的一份子，否則，就是直接成為他們的食物。據證實他們會故意取走犧牲者的魂魄，不過到目前為止，沒有人知道他們的意圖究竟是什麼。

這一點對死神來說可說是一件極為頭痛的事，因為每個人的命限都會被記載到生死簿上，要是有哪個魂魄沒有被收歸，那麼死神就必須追查出對方的下落，而吸血鬼奪取魂魄的行為正好打亂世界原有的秩序，這不禁讓人懷疑他們的作為是否能被解釋成對死神的一種挑釁。

「能夠從一開始就嗅出我身分的人不算多呢，妳的依據又是什麼呢？要不是因為妳的血統不夠純粹，我可不會像現在這樣和妳說話呢，可惜了妳難得一見的身分——」

「妳知道了什麼？」

「這句話應該由我問妳才對：妳，究竟知道了什麼？」

「死之前要先問話嗎？妳哪來的自信可以讓我供出一切？」她笑著，似乎覺得對

方天真的想法讓人感到荒謬。「保密協定，一切取決於個人對組織的忠誠度。難道妳更值得我效忠？」

「那也不一定，假如一開始就沒有任何自願投誠的理由，那麼所謂的忠誠充其量不過是建立在權威關係上罷了。」

雅若背對羽芊坐在女兒牆上，握於手中的赤棕色鐮刀幻化成紫色的小熊髮夾，眼裡難得出現一絲平靜。「死神從來不是神，我是人，和妳沒有什麼不同，所以不需要階級來定論。」

或許是因為對方的話讓人摸不著頭緒，也很有可能是在斟酌該如何巧妙迴避這個話題，即使過了良久兩人之間依然保持沉默，時間在靜默中偷偷溜走，唯有雙眼凝睇墨色的夜與細碎的咿啞。

沒有喧鬧，沒有煩人的憂思，沁涼的空氣從鼻間而入，淡淡的芬芳從遠處傳來，第一次，羽芊發現自己的內心竟然可以如此平靜。

「妳左肩膀的傷，還好嗎？」雅若淡淡地開口，眼神依舊望向遠方。

「對不起，那是唯一能確認妳身分的方法。」她小聲說著，不知道是說給自己還

是羽芊聽。

羽芊低頭沒有答話，深紅色的瞳孔逐漸褪回原本的眸色，尖銳的獠牙也漸漸消失，她來到雅若身邊坐下，一股哀傷悄悄在周圍蔓延。

「這一切，都要從那個晚上開始說起……」

◆

「妳要記得把章魚燒順便帶來哦！」

手機另一頭的蕙琪興奮道，完全沒考慮到此時羽芊手上的補習袋重到嚇死人。

「李蕙琪小朋友，請問一下朋友是這樣當的嗎？妳不來補習也不去排單機補課、叫我千里迢迢從高雄火車站把講義送到府上借妳就算了，竟然還要我外帶一份章魚燒，妳當我妳家佣人啊？」

「唉呦！拜託嘛，反正順路幫我買一下又不會死……妳懂我說哪家的章魚燒吧？」

「知道啦，還不就是靠近五甲夜市的那一家，就這樣，掰。」

羽芊沒好氣的掛斷電話，靜靜站在黃線後等捷運門開啟。她默默看了一眼手錶的時間，只覺得全身疲憊，腦中還殘存一些今天一整天泡在補習班的上課內容。

九點四十七分。

其實她很討厭補習，尤其是週末，當補習時間佔據她整個假日時，自己能靜下心來念書的時間便所剩無幾了，更何況平日她還得為田徑比賽做特訓，要不是因為父親希望自己課業與比賽能兩方兼顧，她壓根兒也不會學身邊的同學大老遠跑到火車站前的補習班人擠人。

補習班標榜的輝煌成績充其量不過是統計數字，因為成績好的人並不完全是因為到了某名師門下學習才能有亮眼的表現，補習班真正在比的其實是誰的門下能夠收到比較多優異的學生，因為他們自身的成績優秀，只要再經過老師的「提點」，補習班便能輕易收到他們想達成的功效。

補完這學期就不要補了，反正有補沒補成績都差不多。她心想著。

在擁擠的捷運上，羽芊的身體隨著捷運行駛的速度緩緩擺動，望著一下開啟又一

下關閉的車門，她的腦袋逐漸開始放空、發起呆來。過沒多久，原本擠到不行的車廂轉眼只剩下兩、三人而已。

望著空蕩蕩的座位，羽芊仍然堅持選擇站著，因為這是她的習慣，只要自己只剩三站就要下車，她就不會坐下。

突然，她眼角餘光瞄到不遠處有一名男子也和她一樣斜靠在車門附近的把手上，他戴著墨鏡，穿著休閒型的帶帽運動衫，正聚精會神地閱讀手上的口袋書。

棒球帽下微微偏向深褐色的髮絲，再搭配那張俊俏的臉孔確實是一幅賞心悅目的畫面，如果換作平時她可能會去欣賞這難得一見的景象，但此刻羽芊卻不敢將目光停留在對方身上太久，因為她的第六感一向很敏銳，一股異樣的違和感不斷在心頭盤旋，她可以感覺到墨鏡下的那雙眼睛似乎正透出森森寒意。

「下一站，凱旋。請乘客等車門完全打開後再進出，謝謝。」

聽見熟悉的廣播後，羽芊像往常一樣直接走到車門前，就在心中的大石即將落下的同時，她從車門玻璃的反射瞥見那名男子同樣也走到她身後準備下車。

沒事的，只是湊巧和自己在同一站下車而已。

她故作鎮定，踏出車門後直往電扶梯方向而去，和往常不同，她沒有乖乖站在上頭等電扶梯把自己送上去，這一次，她用衝的。

沒有來車，也沒有路人，這一路上都是這麼靜悄悄，唯有紊亂的腳步聲由遠而近、從地底傳到地面，只見捷運站外鵝黃色的街燈在黑暗中孤獨佇立，這使得甫接觸到微冷空氣的羽芊微微一顫。

奇怪，剛剛有這麼冷嗎？

她沒有多想，只是把披在身上的外套拉緊，冷風迎面吹來，凌亂的髮絲幾乎擋住她的視線，突然，一個黑壓壓的東西順勢蓋在她頭上。

「誰？」處於戒備狀態的她迅速轉身並拿下頭上的物體，赫然發現是一頂棒球帽。

「這樣子就不必擔心頭髮會亂飛了。」

羽芊抬頭，捷運上遇見的男子再度出現在她的面前，他雙手插進長褲兩側的口袋、饒富趣味地看著羽芊，但有一點她不得不承認，他笑起來確實很好看，淡淡櫻花色的薄唇似乎有股說不出的魅力。

「謝謝你，不過我想我應該不需要。」羽芊鐵青著臉將帽子遞給他，只是對方似

乎不打算收下，反而餘有興味地盯著她瞧。

「如果我說妳的個性和我認識的一個人很像，妳會有什麼反應？」

他摘下墨鏡，一雙冰藍色的眼眸透出森森寒意，宛若冰封千年之冰柱，將永恆的剎那瞬間凍結。

「我不會做出任何反應，因為這一切純屬巧合，我是我，別人是別人，個性像不像只在於個人主觀判斷罷了。」羽芊把帽子硬塞回他手上，頭也不回地轉身就走。

從小到大所謂的帥哥美女她也不是沒見過，只不過——今晚遇到的絕對有問題，尤其是在他摘下墨鏡的那一刻，她幾乎能篤定對方絕非人類，因為能夠擁有極致到這種程度長相的人，通常非妖即怪。

完美，在這世界基本上可說是蕩然無存，如果是經過後天的修飾，那還會有一絲可能性，但如果真是先天所造就的藝術，那麼通常只有兩種結論：第一，這是完美的奇蹟。第二，這是不被允許的存在。

在她眼裡，對方屬於後者的第二種結論。

「吳羽芊，這麼久沒見，沒想到妳對危險的警覺性還是挺高的嘛。」他重新戴上

帽子，習慣性地把左手插進衣服口袋。「這也難怪妳認不得我，畢竟當時的妳還小，不過——」

「妳應該不會忘記那場『華麗的晚宴』吧？」

聽到這句話後羽芊猛然停下腳步，彷彿有什麼重要的記憶再次被揭起，她轉頭時恰巧對上男子的視線，輕蔑、嘲弄、訕笑……諸多負面情緒讓她的身子不自覺顫動，一股被壓抑許久的恐懼感似乎慢慢盤據心頭。

是的，她該記得的，也包括眼前這名男子的身分，那個夜黑風高的夜晚、那場不該被遺忘的晚宴……

隱約中，她感覺到腦海不斷浮現模糊的畫面，那些支離破碎的片段記憶正一點一滴開始進行拼湊，卻又在畫面呈現前再度迅速崩壞、瓦解。

她唯一記得的，是朵在風中飛舞、最終揚散為塵埃的染血白薔薇。

到底，她所遺忘的過去會是什麼？又有什麼力量正阻止她恢復記憶呢？

羽芊的茫然，並沒有讓男子發現。

「看來，妳恢復記憶了。」男子笑著走向前，修長的手指輕輕撩撥羽芊蓬鬆短髮

的末梢，他身上古龍水的香氣則不斷沁入她的鼻間。

淡淡的柔和氣息，讓人不禁昏昏欲睡。

隨後，他緩緩牽起她的葇荑，眼神溫柔得彷彿能掐出水來，他的唇輕輕觸碰羽芊的手指，溫熱的鼻息讓她有點不知所措。

突然，他用力在她的食指上咬了一口，痛得她急忙甩開查看。清晰的齒痕猶然留在指上形成兩個小紅點，但卻看不見傷口流出半滴血。

……怪了，我的血小板什麼時候變得這麼發達？

「這樣一來，就能喚醒妳體內的另一半血統。」他笑著舔舔自己的唇，好似隻饞嘴的貓剛偷吃完東西。

「你這傢伙怎麼動不動就隨便咬人？我和你有仇嗎？還有你說的血統到底是指什麼？」羽芊有點惱怒，雙頰開始染上漂亮的緋紅色，只要認識她的人都知道這並不是臉紅，而是動怒的徵兆。

「呵，血緣還真是種諷刺的東西，沒想到妳也遺傳了她的特點。」男子用力抓住她的下巴，逼羽芊正視他的雙眼。「我叫做洛伊，未來，妳可以考慮來我這裡。」

「你作夢！」

羽芊甩開他的手快速逃離現場，獨留對方一個人站在街道，他沒有追上去，只是把棒球帽壓低，冰藍色的雙眸逐漸轉變成暗紅色，微微露出的尖牙發出寒顫的冷光。

「啪」的一聲，附近的街燈突然暗了下來，而他的身影也慢慢化成一團黑霧。

「相信我，妳一定會來的。」

◆

隔天一早，羽芊才剛踏進教室馬上就被一個人緊抱著脖子不放，差點喘不過氣來。

「妳妳妳好過分的傢伙啊……妳知道昨晚我一直等心愛的章魚燒等到快『起肖』了嗎？說！妳和我的章魚燒私奔去哪了？快給我從實招來！」蕙琪身上散發出一股極深的怨念，她眼睛燃燒著熊熊烈焰，巴不得羽芊就是可口的章魚燒能讓她一口咬下。

「蕙琪，我看妳還是先放開羽芊吧，她看起來快被妳勒死了。」一旁的盈瑩趕緊衝過來拉開蕙琪，以免羽芊還來不及面臨拷問就先因為氧氣不足而身亡。

「現在妳可以解釋為何昨晚沒來我家了吧？」

「咳、咳咳……呃……這個嘛……」羽芊笑得十分尷尬，打算編出一個謊言來敷衍對方。「那是因為等我捷運到站時已經很晚了，而且那家章魚燒昨晚又沒出來賣，想說要是我空手去妳家妳一定會很失望，所以乾脆不去了。」

話才剛講完，羽芊覺得這個理由真是唬爛到家，連她自己都覺得會相信的人腦袋鐵定有洞了，但她怎麼可能告訴她們自己在路上遇到一名怪人，或者說，對方根本不可能是人類。她偷偷瞄了盈瑩一眼，推測自己要是實話實說對方會採信的機率有多少。

盈瑩和她從小便是很要好的玩伴，那些被自己所遺忘的記憶，盈瑩是否也曾擁有過呢？

「呿，妳幹嘛不早說，我看起來有這麼不通人情嗎？」蕙琪嘟著嘴，似乎在抱怨羽芊竟然不相信她的為人。

「蕙琪，妳看我就說吧，人家羽芊說要做的事一定會做到，要是沒遵守約定，她一定也會有自己的想法和苦衷。」盈瑩在一旁幫腔，完全沒察覺羽芊的說詞其實漏洞百出。

不對吧，妳們起碼該懷疑我說的是真是假不是嗎……

羽芊頓時無語，開始思考她們兩個的腦袋到底裝了什麼東西，那種跳脫式思維真是令人好生佩服。

就這樣，鬧哄哄的早晨很快就過去。

接下來的日子羽芊和往常一樣過著平靜的生活，平時不是忙著補習就是做比賽的特訓，但不知道為什麼她總覺得自己好像遺漏一些事情，每當腦海浮現這個疑問時，一股違和感便會油然而生。不過，她並沒有多想。

直到有一天——

「盈瑩，這家的豬排特別好吃，我極力推薦這道料理。」

餐廳裡的蕙琪興奮指著菜單，為因菜色五花八門而不知該如何挑選的盈瑩提供最誠懇的專業建議。

「嗯……既然妳都這麼說了，那就來一客特大爆香蔥末豬排吧！蕙琪，它旁邊還有飲料耶，妳覺得哪一個比較好喝？」

「妳可以自己點點看，但我可不敢保證一定好喝，畢竟我一向不是很喜歡甜食，

所以我也沒喝過。」

「好吧，那算了。」

「羽芊，那妳呢？」

面對蕙琪的問題，羽芊似乎沒翻開菜單的打算，只是單手托著下巴看向別處。

「老樣子，幫我點牛排就好。」

「請問妳要幾分熟？」服務生親切地詢問，臉上的笑容卻因下一秒聽到答案而瞬間僵住。

「三分熟，不，能越生越好……」羽芊漫不經心地回答，待她轉頭看見三人詫異的神情才驚覺自己失言了。

「好……好的，我再重述一次，一份特大爆香蔥末豬排，一份日式和風照燒烤雞，一份菲力牛排，然後是三分熟……請三位稍待片刻，我們隨後上菜。」

服務生離開後，蕙琪及盈瑩臉上個個充滿疑惑。

「羽芊，原來妳敢這麼吃喔……」

蕙琪用不可思議的表情看著羽芊，因為她記得羽芊一向很討厭沒有煮到全熟的料

理，就連太陽蛋對方都嫌噁心、不衛生。

「妳最近精神壓力是不是特別大？最近幾個月妳和我們去吃飯妳都點不曾點過的牛排，而且好像一次比一次還要生耶……」

「唉呦，妳們兩個在擔心什麼嘛，人活在世上就是要時時挑戰自我生活才有樂趣啊！」羽芊乾笑兩聲，但明眼人都看得出來她其實也慌了。

對，她發現最近自己確實很奇怪，原本對牛肉十分抗拒的她竟然會莫名喜歡上牛排這種食物，而且越是生食她越愛，但她真正愛的並非血淋淋的生肉，而是上頭流出來的血水。這讓她感到困惑，尤其是將滿盤的血水舔吮乾淨後喉嚨所產生的燥熱及異樣的滿足感，更讓她感到無所適從。

「啊對了，差點忘記一件重要的事。」蕙琪突然左手擊右掌，將原本的話題轉向。「羽芊，吃飽後陪我去學校一趟。」

「不好吧，時候也不早了……」盈瑩看了一下手錶的時間，滿臉憂心。「而且學校老師不是交代過我們，只要放學時間一過，就盡量別在校園逗留嗎？」

「孩子，老師他們是說『盡量』，而且我只是要去美術教室拿回期末時被美術老

師沒收的手機而已。」她亮了亮手上從美術老師皮包偷出來的一串鑰匙，腦中浮現那天自己在美術教室上課時因自拍使對方氣急敗壞的臉孔。「況且我有羽芊保護我啊，別忘了她老爸可是跆拳道教練呢！」

「同學，我爹會跆拳道不代表我也會好嗎？」

「厚，妳怎麼這麼死腦筋，妳是田徑高手，到時遇到危險妳就抱著我直接逃跑就好了嘛！」

「……」

◆

「哈，果然只有在晚上沒人時才會覺得學校可愛多了。」蕙琪興奮得在樓梯間手舞足蹈，完全沒考慮到一旦她跌下來第一個當肉墊的會是羽芊。

「妳能不能小聲點？整棟樓都是妳的聲音，要是被警衛發現，他不把我們兩個當小偷才有鬼。」

不知道為什麼，現在羽芊情緒感到莫名煩躁，本來前一秒還好好的，怎知踏進學校後整個人突然神經緊繃，渾身不自在的焦慮始終揮之不去。

這種感覺，好討厭。

而且，身體好熱。

「哪有，我的嗓門又沒妳大，這麼悅耳的聲音現在只有妳能聽到，還敢嫌！而且我們經過警衛室時，妳不也看見警衛睡得跟死人一樣沉嗎？我猜他一覺醒來八成也不會發現有人拿奇異筆在他臉上亂畫。」蕙琪抿嘴偷笑，對於自己的傑作感到甚是滿意。

「你就保佑他睡醒後不會氣到跑去調監視器。」

「放心啦，反正他又不知道我是誰。」

突然，走在前頭的蕙琪難得安靜下來，站在三樓樓梯口回望羽芊一眼。「對了，有件事不知道該不該跟妳說。」

蕙琪的表情有些嚴肅，這讓羽芊不得不集中精神努力聽對方接下來想說什麼，畢竟蕙琪平日是個愛嬉笑打鬧的人，很難想像一向不正經出名的她竟會露出如此神情。

或許是因為茲事體大，也很有可能只是自己的錯覺，她發現緊咬下唇的蕙琪似乎

一直在猶豫該如何開口，這不禁讓羽芊更加好奇究竟有什麼事情能讓對方產生猶疑，甚至一反常態的陷入天人交戰。

什麼？妳到底想說什麼呢？

「羽芊……」

她努力維持自己的精神，想要集中注意力聽清楚蕙琪的聲音。

「其實啊……」

蕙琪，妳說大聲點，我什麼都聽不到啊。

周圍的空氣彷彿被抽空般，不知道為什麼此刻羽芊完全聽不見任何聲音，她感覺自己感知的一部分似乎被隔離，只能茫然地望著對方一開一闔的嘴型，腦袋一片混沌。

「妳要記得喔……」

她踩著沉重的步伐努力向前，雙腿卻有如千斤重鋼鐵般難以前行，她試著向蕙琪伸出手，卻在即將碰觸到對方的那一瞬間眼前一黑，澈底失去意識。

而在她陷入完全沉睡時，腦中唯一還記得的，是對方那抹熟悉卻又帶著悲傷的微笑。

「妳的選擇，將會影響一個人的未來。那個人對我們來說都很重要，所以，請妳務必做出決定。」

「芊芊，妳會不會怕外婆？」

當坐在床上的小女孩抱著泰迪熊玩扮家家酒時，一個溫婉的聲音對她輕聲呼喚，一抬頭，便對上外婆冰藍色的眼眸。

對小女孩而言，年紀甚小的她一直不懂為何外婆總是容易露出憂鬱的神情，尤其是當她望向自己時，小女孩總能從她的眼裡讀出一些訊息。

除了欣慰外，還有一股莫名的哀戚。

不過這點小女孩並沒有放在心上，因為打從她有意識以來，她的眼睛一直緊緊追隨著外婆的身影，彷彿能夠攫住她雙眼的只有那不容許玷污的純潔。

在往後的日子裡，小女孩並不知道外婆對她的影響會如此深遠，說不定，眼前的人其實是她學會衡量一切事物的標準，或者說，眾人渴望追求的神祕幻影。

因為——

那是個，極度美麗的存在。

所以，當她聽見外婆這麼問她時，她真的不了解為何會有這樣的疑慮。怕？為什麼她要怕呢？外婆不都是最疼愛她的嗎？既然如此，她有什麼理由要害怕一個肯對她露出親切笑容的人？

「不會呀，外婆很漂亮，長得又不像巫婆，芊芊不會怕怕啊。」小女孩不解地看著她，接著又把注意力轉移到自己的遊戲上。

「是嗎？」

她來到窗邊，水藍色的窗簾因風的吹拂而不斷飄揚，她那頭深褐色長髮因為陽光照射而顯得更加耀眼，但令人驚奇的是歲月竟然沒有在她臉上留下任何足跡。

「芊芊，妳會怪外婆嗎？」她回眸一笑，搭配身上那襲蕾絲洋裝卻讓人誤以為她還只是名少女。

「我的血統，只有妳繼承而已。」

「快醒來吧，妳要做的，是在今世的旅途中協助她找回記憶。」

當羽芊睜開眼，馬上發現自己處於一個偌大的房間。

天花板懸掛著新式的水晶吊燈，絳紅色的紅花蠶絲被鑲著金色滾邊，用金絲楠木

製成的歐式公主床散發出一股淡淡的清香，這一切的裝潢都讓羽芊感到不可思議。

雖然她偶爾會看一下西方電影，但這種親臨拍片現場的特殊情形她還是頭一次遇到。這裡是臺灣，能夠將家中裝潢成歐式中古世紀風格，想必這個家的主人應該費了不少心力與巧思才對。

對於自己為何一覺醒來就躺在這裡，羽芊可說是一點頭緒也沒有，因為她記得自己明明陪蕙琪到學校要去拿被沒收的手機，但腦中最後所停留的畫面，卻是蕙琪正打算告訴自己某件事的身影。

然後，就沒了。

對，就這樣沒了，而這點也是羽芊頭痛的地方，她發現自己似乎出現記憶斷層，因為在那之後到底發生了什麼事她一點印象也沒有。

蕙琪究竟是要告訴自己什麼？她是否已經拿回手機了？為什麼在那之後的事她完全不記得？而自己到底又是為什麼會出現在這裡？有好多好多疑問一下子在羽芊腦中炸開，她猜想，也許這裡的主人能夠解答她的滿腹疑惑。

「妳終於醒了。」

木門被輕輕推開，一個帶有磁性的男性聲音在羽芊耳畔響起，她朝聲音的方向望去，本想答謝對方收留自己一晚，但沒想到映入眼簾的人竟然是——

洛伊！

為什麼？為什麼他會在這裡？難道說這裡其實是……

羽芊的腦袋瞬間空白，隨後馬上被恐懼佔據，她驚慌地看著對方，完全想不出任何逃離現場的方法，她不清楚洛伊將她帶來的目的為何，但她的第六感告訴自己眼前的男人絕對是個危險的存在。

要逃、必須要逃才行。

「丫頭，瞧妳滿臉驚恐的樣子，難不成是怕我吃了妳嗎？」洛伊語帶輕佻，沿著床沿坐下，過分好看的笑容微微露出兩顆虎牙。「放心吧，我不會對同類下手的。」

同類？什麼同類？

羽芊眼底閃過一絲疑惑，而洛伊恰巧捕捉到她的心思。

「怎麼，妳忘記自己也是我們的一份子了嗎？」洛伊大笑，「即便只有一半的血統，妳是吸血鬼這點可是不爭的事實哦。」

他勾起一抹狡猾的笑，「還是說，妳到現在還在欺騙自己是人類？」

「我本來就是人類！」

羽芊突然大聲怒吼、怒瞪著洛伊，方才湧上心頭的恐懼感瞬間煙消雲散，取而代之的是滿腹的怒火。

「從小到大，我一直都是以人類的身分生活，以前如此，今後也一樣，不管未來會發生什麼事，我這輩子永遠都是人類！才不是什麼吸血鬼！」

看著羽芊動怒的模樣，洛伊依然好整以暇地欣賞她染上緋紅的雙頰，嘴角不禁揚起一個意味深長的弧度，而這個舉動看在羽芊眼裡，很不是滋味。

「你笑什麼？」

「丫頭，看樣子妳好像忘記一些事情了。」他用力抓住羽芊的下巴，逼對方直視他的眼睛。「要不就讓我來幫妳恢復記憶好了。」

「混帳你快放開我！」

對於洛伊突然逼近自己的粗暴舉動，氣得羽芊拼命掙扎想脫離他的束縛，不料此次洛伊的力道比她預想的還要大，無論她怎麼反抗依舊只是徒勞無功。

第一次，羽芊對於自己只能像這樣任人宰割感到無比羞憤。

如果可以，總有一天她絕對要往這傢伙臉上狠狠揍一拳。

她一定要給他點顏色瞧瞧才行。

她絕不放過這個敢輕視她的大混蛋！

「妳的身體，早已出現對血的渴望了，對吧？」

這話甫一出口，讓原本不斷掙扎的羽芊頓時僵在原地，先前的不安再度於腦中盤旋。

對，她想起來了，自從她遇見洛伊，或者更準確的說法是她的手指被對方咬了一口後，她的身體開始產生莫名的變化。沒來由地喜歡上牛排，將滿盤血水舔吮乾淨後喉嚨所產生的燥熱及異樣的滿足感，種種發生在她身上的怪異現象都讓她不得不承認確有此事。

但是，這又能證明什麼？難道只因為這樣她就必須接受自己早已是吸血鬼的事實嗎？不，不可能，她才不會這麼輕易相信，她可是人類耶，一個實實在在的人類，活了這麼多年，憑什麼她要因吸血鬼的一句話而對這堅信十餘年的信念產生動搖？如果

真要解釋，出現在她身上的變化也很有可能只是生理轉變而已，一切都是內分泌失調的緣故。

「看來要是不說出真相，妳是不會信的。」

從羽芊沉默不語的模樣洛伊早已猜到她此刻的真正想法，他放開羽芊，滿臉不屑地從口袋掏出一個迷你玻璃瓶，直接扔給對方。

透明的玻璃瓶上頭刻著百合花紋，細緻的雕工讓人忍不住多瞧幾眼，此刻瓶身漾出寶石紅的耀眼光澤，流動的鮮紅液體讓羽芊感覺身體逐漸產生灼熱感，呼吸也跟著急促起來。

怎麼了？為什麼這股不舒服的感覺會似曾相識……

她用手捂著胸膛，胸口的起伏開始莫名加速，讓她幾乎快喘不過氣來，她感覺到體內彷彿有什麼東西在燃燒，一種撕裂的痛楚從胸口往全身蔓延。

剎那間，羽芊漆黑的瞳孔驀地轉變成深紅色，喉嚨不由自主地發出陣陣低吼，再也抑制不住的乾渴與欲望彷彿隨時會被引爆。

……好渴啊……真的好渴啊……

豆大的汗珠沿著雙頰滾落，當她尖銳的獠牙出現時，記憶中似乎有什麼東西正在翻滾，僅存的一絲理智正努力跟本能進行抗衡。

不行、不行，我是人類……我是人類啊……

羽芊用盡全力壓抑自己的乾渴，不打算輕易屈服於此，只不過她再怎麼忍，脆弱的身體卻再也經不起被烈火灼燒的疼痛感，她痛苦地弓起身子，一種瀕臨死亡的臨界點就此產生。

看著不斷掙扎的羽芊，一旁的洛伊伸手接過她手中的迷你玻璃瓶，旋開瓶蓋將裡頭的鮮紅液體飲下，接著輕輕抬起羽芊的下巴，覆上她柔軟的唇，將液體送入她口中。

一陣甜腥的味道瞬間湧入喉嚨，讓羽芊下意識排斥這種噁心、甜膩的感覺，她想推開洛伊對她的侵略，不料對方一手制服她的動作，另一手則是按住她的腦門，硬逼她將這不明液體吞下。

當液體順利滑入喉嚨的同時，羽芊的眼眸慢慢轉變回原本的眸色，體內不斷燃燒的灼熱感逐漸退去，急促的呼吸開始緩和下來，等確定羽芊的狀態回歸正常後，洛伊這才輕輕放開她。

「好點了嗎？」

洛伊伸出手，打算摸摸羽芊的頭以表示安慰，不過卻被她閃開了。

「那是誰的血？」

眼前的人兒低著頭，一個冰冷的聲音響起。

那是極度憎恨、不具任何情感的平穩語調。

「還會有誰，不就是妳的好朋友李蕙琪的血嗎？」他狡猾地舔了舔嘴，似乎意猶未盡。「不過那孩子血的味道聞起來還挺糟糕的，全身上下都充斥著那滿滿罪惡的血液，裡頭的成分盡是污穢與不堪，對於這麼一隻手腳不乾淨的小貓來說，這種劣等的食物實在只能當玩具來訓練我們的獵食技巧，真的嚥下恐怕還會造成負擔呢。」

「你這個垃圾！你憑什麼這樣說她？你到底把她怎麼了？」

羽芊攫住他的衣領，佈滿血絲的雙眼完全將自身的殺氣表露無遺。

「我有說錯嗎？嫉妒、任性、謊言，她的血液訴說著種種罪狀，這一點，妳可曾發覺過？在我眼裡，這種人類理當沒有任何存在的價值，因為內心醜陋的傢伙只會玷汙造物主創造的美麗世界罷了。」

「你又懂什麼了？我所認識的李蕙琪是個既單純又直率的好人，她才沒有你講的那麼不堪！說！你把蕙琪怎麼了？她人呢？她人現在在哪裡？你說啊！」

「丫頭，看來妳的腦袋還不是很清醒的樣子。」洛伊冷笑，反扣住她的雙手，將她壓在後方的牆上。

「妳覺得，吸血鬼看見獵物豈有放過的道理？」

這句話，讓羽芊的腦袋瞬間空白，久久無法回神。

是啊，她怎麼忘了呢，對方可是詭計多端的吸血鬼，腦袋遲鈍的蕙琪怎麼可能有機會逃離他的魔掌？即使這次發生奇蹟讓她逃過，誰能夠保證平時就愛跟老師唱反調的蕙琪不會又在放學時間過後在校園內逗留呢？

如果、如果事發當時有她羽芊在的話，那蕙琪……有沒有機會逃過一劫？

「她一樣還是會死呦。」

彷彿看穿羽芊的心思，洛伊此時的笑容看來格外諷刺。「妳忘了嗎？就在妳陪朋友踏進學校的同時，妳的身體已經開始產生變化了吧，當時的妳把蕙琪當成獵物，差一點就有機會成為妳第一個進食的對象了呢，不過我猜妳應該什麼也記不得了才對。

「要不是因為她嚇得突然逃跑，我才懶得髒了我的手去解決她。

「畢竟，我們的存在可是祕密呢。」

對於洛伊所說的一字一句，羽芊可說是聽得一清二楚、完全沒有遺漏半個字，因此，她不會聽錯的，關於蕙琪的死，也就是說……她的手心忍不住微微沁出冷汗，發白的嘴唇開始顫抖，良久，才勉強吐出一句話。

「你是說……我差一點就殺掉蕙琪了？」

「丫頭，終於開始接受事實了嗎？妳一直不斷壓抑自己對血的渴望，總有一天妳的理智終將被飢餓的想法淹沒，到時，妳身邊的親人和朋友就只有成為食物的份了。」

「那你要我怎麼辦？放棄人類的身分去當像你一樣卑鄙無恥的吸血鬼嗎？告訴你，無論發生什麼事這輩子我永遠都是人類！如果要我把自己的眷族當作食物，那我寧可不要活在這世上！」

對於羽芊的想法，洛伊不怒反笑，似乎早就猜到她的心思，他靠近羽芊的耳朵，輕輕說了一句話。

「如果妳死了，我可不敢保證其他人會怎樣哦。」

「你在威脅我？」羽芊咬牙切齒，恨不得將眼前的人撕成兩半。

「我只是給妳一個忠告而已，不過妳要這麼想也是可以。」他起身，準備離開。

「時間不早了，早點睡吧，明天我送妳回去。」

就在洛伊推開木門打算離去時，他聽見羽芊問了一句。

「你究竟要什麼？」

「沒特別想要什麼，只不過是希望妳回到我們的族群、為我們的計劃助一臂之力而已，沒有妳，計畫就無法順利執行。」

「呵，既然如此，那你最好要有心理準備，總有一天，我一定要殺了你。」

「好啊，如果妳辦的到的話。」

04

行動

「這就是事情發生的經過。」

當羽芊將藏在心中已久的祕密全盤托出後，那如釋重負的感覺，讓她忍不住伸了一個舒服的懶腰。

第一次，她覺得身心特別舒暢，這是經過那夜以來她不曾有過的舒適感。

她不知道雅若會怎麼看待她，也不清楚雅若是否願意相信今晚所聽到的事實，但至少，她找到了一個能夠聽她傾訴一切的對象，因為這件事她無法讓盈瑩分擔她內心所承受的壓力。

無論如何，目前她都必須保護盈瑩才行。

蕙琪已經不在了，她說什麼也不能讓盈瑩遭遇相同的險境。

對，一定要，即使得賭上自己的性命。

她握緊拳頭，在內心對自己喊著。

「既然妳都把祕密告訴我了，那我也沒有理由不信妳，對吧？」雅若給她一個笑容，而這個答覆頓時讓羽芊愣在原地，好一段時間才回過神來。

自從她知道自己身分的那一刻起，她就知道這輩子她再也無法像之前一樣活得自在，再也不能回到以前那只需擔心成績與比賽的單純生活。她開始學會隱藏自己的情感，也不再對盈瑩坦承所有的事，因為她知道太多太多一般人不能得知的祕密，為了避免有人因此受到傷害，她只能選擇自己承擔。

吸血鬼這個身分成了禁錮她的枷鎖，她不能輕易相信別人，因為她無法確定對方是敵是友，而她同樣也不能奢求有人能相信她所說的話。

這是個相對的概念，當你不能對一個人坦承，那你就先失去對方信任你的資格了。

這一點，她一直深信不疑。

所以當她選擇告訴雅若真相時，其實她內心一直渴望對方能夠相信她所說的話，哪怕只是欺騙她的謊言，她也希望以這個身分面對雅若時能夠獲得對方的信任。

她知道，這世上有太多的謊言讓人沉醉其中，同樣擁有特殊身分的兩人，是不是就有機會拋去一切束縛？

她不清楚答案為何，但雅若卻給了她一個肯定的答覆。

「謝謝妳。」過了半晌，她終於能再度開口。

如果說礙於自己的身分無法向其他人訴說自身心情，那身為死神的雅若，是否能成為她傾訴的朋友呢？

羽芊此刻的心情十分複雜，或許是因為今夜的她第一次說了這麼多的話，也或許是今晚的夜色朦朧得令人摸不清它所想表達的意涵。

如果她有機會早點遇見雅若，那這一切，是不是就會不一樣了？

「其實，妳比自己所想的還要溫柔呢。」她笑著，決定給自己一次前進的機會。

「妳想太多了，我只是遵循自己的想法行動，僅此而已。」雅若別過頭，飛揚的髮絲輕輕掃過她的側臉，有一瞬間羽芊似乎看見她歷經滄桑的落寞。「今後妳有什麼打算？」

「既然洛伊要我協助他們的計畫，那我就去，只不過我不可能乖乖聽令行事，我一定要親手毀掉這該死的計畫與背後的組織才行。」

「妳知道他們正在祕密執行什麼計畫嗎？」

「這點我不清楚，但我會試著從洛伊那傢伙身上套出一點蛛絲馬跡來，如果說這個計畫需要我才能成功執行，那他勢必得跟我說明一切才對。」她望著雅若，臉上突然出現一絲堅毅。「雅若，別再追查下去了，夜晚的學校無庸置疑是個禁區，妳別在這裡出沒了，只要有顏宛竹和洪啟暉他們兩個在，妳在學校的這段時間就不會出事。」

「答應我，今晚過後就當作什麼事都沒發生、繼續當個普通人生活，好嗎？」

面對羽芊的忠告，雅若內心確實產生了動搖，因為對她來說自己不過是名死神，她必須盡忠職守、在適當時機前來收取瀕死之人的魂魄，除此以外的事她不便插手，也無從管轄，一旦她做了多餘的事，那便是僭越本分。

嚴禁對人世間的一切有任何干預，那是死神必須遵守的禁忌。

「羽芊，妳是不是知道了什麼？」

「我什麼都不知道，只是偶然在信件中看見有人這麼提到。」羽芊雙眼凝睇遠方，露出一抹慘澹的笑容。

「被放逐的轉世少女將以新身分再次回歸此地，一旦遇之，格殺毋論。」

◆

被放逐的轉世少女？新身分？這些是什麼意思？

一大清早，當雅若走在前往學校的路上時，她整個人幾乎可說是眼神放空，任憑自己的雙腳無意識往目的地前進，腦中則是不斷思考前一晚羽芊告訴她的話。

「新身分」的意思雅若能理解，指的應該是她轉學生的身分，至於「被放逐的轉世少女」嘛……這她可說是一點頭緒也沒有，因為單從這一句來看她根本不知道該如何解釋。

難道說……被放逐指的是那件事？

不、不對，這樣也說不通。

雅若不禁搖起頭來，直接否決湊巧浮上心頭的想法。

她只是一名小小的死神，對方即使是吸血鬼組織的高層，也不大可能會大費周章下達必須盡快剷除她這個眼中釘的命令才對，因為一般來說死神不會去干涉其他人的作為，除非有人阻礙到死神收取魂魄，否則，他們不會對任何事出手。

……等一下，為什麼羽芊會直接認定吸血鬼口中所講的人就是她？照理說光憑那幾句，旁人根本不可能將她與那句話做任何連結，但羽芊為何會這麼想？難道說她掌握了什麼訊息？

就在雅若再度陷入沉思時，背後響起的聲音澈底打斷她的思緒。

「親愛的小雅若，早安。」

回過神來，她發現自己前腳還沒踏進學校大門，馬上就聽見不遠處傳來一陣高聲呼喚，只不過——

不知道是不是她的錯覺，她怎麼覺得這一句話似乎同時有兩個聲音重疊？

就在她轉身望向聲音的來源時，雅若看見馬路對面的人行道盡頭出現兩道並列急速奔馳的身影，以跑百米的速度往她的方向奔來，後方揚起的沙塵就跟動漫所演的一樣誇張，更詭異的一點是這兩人的速度竟然會比一旁高速行駛的機車還要快！

……不會吧，才早上而已就開始熱身了嗎？

沒錯，那兩個以好比參加奧林匹克田徑比賽速度盡全力衝刺的人就是顏宛竹和洪啟暉，他們揹著自己的書包，彼此誰也不讓誰的凶惡表情頓時讓身邊的用路人嚇得冒

出一身冷汗。

現在，雅若面前的紅綠燈正呈現紅燈警戒狀態，車水馬龍的壅塞交通讓等著過馬路的民眾看得膽戰心驚，但看在雅若眼裡，宛竹他們兩人的速度似乎沒有絲毫減緩，反而有加速的現象。

……這世界無奇不有，就算只有一次也好，能不能不要讓我產生科學是否該存在的質疑？

就在雅若心裡才這麼想的同時，她看見對面兩人果真沒有因來車停下腳步，而是——

往龐大的車陣中奮力一躍！

我的媽媽咪呀！你們到底在做什麼?!雅若的眼睛瞪得比銅鈴還要大，用一種非常不可置信的神情看著眼前所發生的一切。

彷彿電影裡面才會出現的情節，宛竹和啟暉不顧旁人驚嚇的表情分別在雙腳落地前單手隨機壓在機車騎士的頭頂，緊接著用反作用力讓自己輕輕往前躍，即使遇到開車的民眾也使用相同的手法，一連好幾個像是擁有輕功般的空中翻越，在腳不落地的

前提下，兩人很有默契地在同個時間點抵達馬路對面。

「哈，洪啟暉，我、贏、了！」

「亂講，明明就是我的腳先接觸到地面的！」

「你的腳碰到地板又怎樣，我鬆掉的鞋帶早在你抵達前的零點一秒就碰地了！」

「顏宛竹，請問妳是用腳走路還是用鞋帶走路？這種比賽的勝利標準當然是以『腳』為基準，要不然我也可以說我迷人的體香早就隨風飄到目的地了！」

兩人立馬在雅若面前吵了起來，完全無視眼前交通因為他們的亂入而差點造成嚴重連環撞，由於部分車主受到驚嚇不小心讓車子緊急轉彎或及時煞車，因此整條馬路的車況瞬間大打結，一切處於一片混亂。

……你們以為自己在演什麼驚險動作片嗎？為什麼你們所做出來的事情讓我完全無法用常理做判斷？還有，你們有在我身上裝感應器嗎？否則你們根本還沒遇見我，怎麼會大老遠就知道我在校門口還大聲打招呼？

面對眼前的兩人，雅若決定把自己一連串的吐槽默默吞下肚。

如果有一天這兩人的生活模式回歸正常，那她鐵定會懷疑世界末日是不是到了，

畢竟在雅若眼裡，宛竹和啟暉兩人根本就是非正常人類存在的代表。

她突然想起羽芊說過的話，若從過去到現在所累積的經驗來看，他們給她的感覺確實很特別，即使試圖將自己與人群隔離，他們還是會選擇無視那道刻意築起的心牆，執意闖入她的世界。

雖然對方偶爾會做出一些近乎超自然的舉動，但不知道為什麼她看著兩人的互動時卻能產生一絲安心感，彷彿這樣的相處模式才是她最能放鬆、熟悉的一切。

如果真要用言語來說明，說不定，她會試著讓自己去相信、試著解釋成信賴也不一定。

「雅若，妳怎麼在發呆啊？」

不知從何時開始，宛竹伸手在她面前晃了晃。「妳該不會被洪啟暉那『可歌可泣』的長相嚇到了吧？」

「顏宛竹，我聽妳在胡說八道！最近鬼門快關了，妳要嚇人就得及時，否則下次鬼門再開就是明年了。」

「姓洪的，你意見很多耶！」

「姓顏的，這句話是我要說的！」

不對盤的兩人再度點燃戰火，此舉讓夾在中間的雅若感到頗為尷尬，縱使馬路上汽機車的引擎發動聲並不小，但他們兩個火爆的紛爭現場還是引來不少人關注，連一旁的警衛都用眼神示意表達關切了。

「宛竹、啟暉，我有事想問你們，我們邊走邊聊好不好？」雅若尷尬笑著，這是當前她唯一能想出來的辦法。

結果就如她所想的一樣，甫一出聲兩人馬上立正站好擺出敬禮姿勢，齊聲喊出一句「Yes, sir」！

◆

「嗯……如果真要說的話，我對我們美術老師的觀感不是很好耶。」宛竹一口咬下串在竹籤上的貢丸，一副若有所思的模樣。

自從宛竹和啟暉湊巧得知雅若還沒吃早餐後，兩人二話不說直接連人帶書包將對

方拖來福利社，硬是在她耳邊碎唸了好幾輪的早餐經，此舉逼得原本沒有吃早餐習慣的雅若在他們軟硬兼施的情況下終於買下一份三明治和牛奶當早餐。

或許是因為一大早就開始熱身的兩人不小心將一天該有的元氣消耗殆盡，雅若才剛結完帳，馬上看見排在身後的宛竹兩隻手拿了滿滿的關東煮串，而一旁的啟暉則是抓了五個御飯糰，往教室方向前進的同時食量驚人的那兩人途中還不忘咬幾口手上的戰利品。

「所以說，有很多人不喜歡她嗎？」

「話也不能這麼說，雖然仁美老師脾氣暴躁、老愛大驚小怪、牆壁上還掛了她滿滿的自畫像、動不動就為了點小事要給學生記過，但她人就某方面而言其實還算不錯，如果有事想拜託她，只要苦苦哀求幾次最後她還是會答應幫你的忙。」她瞥了隔壁一眼，「不過，我不會想和她親近就是了。洪啟暉，你有什麼看法？」

「我和妳的想法差不多，因為我覺得她好像有什麼事瞞著大家，能夠對美術教室有這種高程度堅持任誰看了都會起疑吧。」啟暉說完的同時，手上的御飯糰只剩下兩個，另外三個早已不知去向。

「但是，也僅止於覺得奇怪而已吧。」

望著前方那群拿著掃地用具打鬧的學生，雅若下意識瞥了一眼手上的餐袋，裡頭裝著方才買來的早餐。「每個人都知道底線在哪、都明白該怎麼做才不會觸了對方的逆鱗，但是，卻不會有人想去深究當中的原因呢。」

「是因為不甘自己的事，還是說這才是人與人之間相處該要有的禮儀呢？」

突然，宛竹趁機伸手故意將雅若的頭髮揉亂，笑得十分開心，而原本陷入沉默的雅若倒是因對方突如其來的舉動感到有些錯愕。「雅若，妳要是露出這種表情那可就輸囉。」

她將竹籤上頭的殘屑舔乾淨，「如果真的那麼想知道，那就由我們來當揭開序幕的第一人不就行了？」

「妳的意思是？」

「嘿，小雅若，看來我們三個的想法挺一致的嘛！」啟暉摸了摸他的下巴，彷彿等對方這句話很久了。

「放學後，我們就來找出美術教室的祕密吧。」

◆

「叮鈴……叮鈴……」

晚風輕拂，掛在窗子旁的風鈴輕輕擺動規律的身姿，透明的音符構成簡單的旋律，為這清涼如水的夜增添幾分寧靜。

羽芊斜坐在窗邊，雙眼凝睇窗外的月亮，銀白色的月光毫無保留的灑在她身上，那是一種不曾受到汙染、近乎於純潔的白。

第一次，她覺得遠不可及的月牙彎朦朧得讓人感到不可思議。

然而這樣的月色，卻也是使她體內的血統出現混亂的不穩定因子。

最近幾晚的夜，總覺得不是特別平靜。

桌上擺了好幾份被攤開的報紙，斗大的標題紛紛寫著驚悚的文字，那並非當今媒體為了噱頭所下的標語，而是源自於人類內心深處的恐懼，縱使各家報導的內容不盡相同，但所有的問題通通把矛頭指向一個不可能的傳說——

吸血鬼。

這是個凡事講求證據的時代，雖然在科學的洗禮下大家習慣將一些不合常理的現象努力做出有根據的說明，但依舊還是有不少人相信超自然的存在。

最近這幾日全臺各地鬧得沸沸揚揚，接連發生好幾起詭異死亡的案件使得眾人個個繃緊神經，因為死者體內的的血液宛如蒸發般消失不見，死狀悽慘讓人不忍直視，誰也無法料到下一名受害者有沒有可能就是自己。

照這個情形來看，羽芊推測組織已經開始行動了，而且規模甚至比她所想的還要大，可能臺灣各個縣市都有他們的成員在。既然如此，她今晚勢必得動身再次前往美術教室才行。

美術教室猶如一張精心設計的網，在夜深人靜之時悄悄等著獵物自動上門，乍看之下雖然危險，但同時卻也可能潛藏著許多不為人知的祕密。

不入虎穴，焉得虎子。羽芊想賭的，是這種可能性。

話說回來，那一天蕙琪到底想告訴她什麼呢？

羽芊雙手環膝，手上拿的是上學期期末時蕙琪被沒收的手機。

半個月前，她在操場做暖身運動時碰巧遇見正準備回家的美術老師，因為當時是放學時間，所以她本身也沒有想太多。只不過當美術老師與她四目相交後，對方直接提著手提包向她走來，接著開口詢問她是不是李蕙琪的同學。

或許是因為對方沒收蕙琪手機時她也在場，所以才對她有點印象，羽芊二話不說馬上點頭回應。

只見美術老師從手提包拿出一支手機遞給她，希望她能幫忙轉交給蕙琪，美術老師表示自己有好幾次到班上找人，可惜蕙琪似乎沒參加暑期輔導的樣子。

最後，美術老師交代完羽芊要她提醒蕙琪下次別在上課時使用手機後，這才逕自離去。

一開始羽芊並沒有起疑，但現在回想起來才發覺有些不對勁，蕙琪遇害的時間正好是在暑假，然而她並沒有參加暑輔，因此同學長時間沒遇見她也不奇怪，只是為何屍體是在開學日當天才被發現？暑假這段時間盈瑩不覺得有一陣子沒聯絡到對方很奇怪那就算了，怎麼連蕙琪的家人也置之不理呢？難道自己的女兒莫名失蹤他們都不在乎嗎？

這一切，太不合常理了。

羽芊按下蕙琪手機的開機鍵，過沒多久螢幕上馬上出現需要解鎖的畫面，她憑著腦中模糊的印象、手指輕輕觸碰螢幕，緊接著滑出一個特殊的圖形。

那是隻蝴蝶，以極度簡單的線條所構成的圖案。

以前蕙琪還在時，她總是喜歡在上課時偷偷拿出手機自拍，或者上網查看臉書動態，有時和盈瑩她們聊天時也會不由自主拿出手機來滑，或許是因為看慣了的緣故，知道蕙琪手機的密碼鎖已經是件不足為奇的小事了。

輸入成功

一下子，手機畫面馬上出現一個熟悉人兒，用極度俏皮的姿勢對鏡頭扮出一個鬼臉。

雖然學校有明文規定除了撥打緊急電話外，在校期間一律禁止使用手機，但還是有不少學生充耳不聞，認為只要不讓教官看見就萬事妥當了。因為一般而言，除了級

任導師有可能會做出沒收手機的強硬手段外，科任老師多半是好言相勸，或者選擇睜一隻眼閉一隻眼。

回想起那天仁美老師氣急敗壞的臉孔，說真的她也覺得老師的行徑真的太浮誇了，雖然在羽芊的認知中仁美老師處理事情時總是愛大驚小怪，但那天對方發現蕙琪拿出手機自拍時的反應實在有點誇張。

那表情，就好像她有什麼不可告人的祕密不經意被蕙琪發現了一樣。

要不是因為大家都知道蕙琪喜歡自拍，外人一見到這樣的場面，大概會以為仁美老師之所以氣成這樣是因為蕙琪拿手機偷拍她打算惡搞圖片傳到網路上吧。

找一天到蕙琪家去，將手機交給她的家人吧。羽芊滑著手機，心裡默默想著。

突然，在手機介面隨便點來點去的羽芊不小心按到相機功能，畫面馬上轉變成一幅奇怪的圖片。

怪了，這是什麼？

羽芊的手指往螢幕左邊滑了一下，下一張出現的是蕙琪的自拍照，再下一張也是，下下一張也是，基本上相機所拍出來的照片幾乎都是蕙琪的自拍照，只有少數幾

張是和羽芊及盈瑩兩人的合影。

既然如此，那剛剛那張照片拍到的到底是什麼？

羽芊將照片切換回原本的第一張，仔細端詳起照片來。

那是一張極為模糊的相片，從右下角不甚清晰且被切一半的臉孔可以勉強辨別出是蕙琪的臉，只不過依照蕙琪的自拍技術實在不可能犯下這種致命的錯誤才對。

她仔細觀察周遭景物，推測拍攝地點應該是在美術教室，也就是說它之所以會這麼模糊，是因為仁美老師衝過來沒收蕙琪的手機時，情急之下不小心按到快門的原因？

……等等，仁美老師真的是因為蕙琪在上課時使用手機才大發雷霆的嗎？

羽芊趕緊拿出自己的手機和蕙琪的做比較，雖然她對3C產品一竅不通，但若只是比較觀察力，她有把握自己握有絕對的優勢。

同樣都是智慧型手機，她發現蕙琪手機的拍攝孔其實是在手機正面，由於機身是黑色的，再加上使用時手指的擺放位置，若不靠近一點看，從當時美術老師的位置及角度來看任誰都有可能誤會蕙琪當時拍攝的對象是自己。

如果將當日仁美老師暴走的行徑做這方面的解釋的話，那這一切就說得過去了。

只不過，不知道為什麼，羽芊總覺得事情並沒有「拍照」這麼單純，一定還有什麼特別的原因才對。

她不死心地繼續查看蕙琪的手機，打算從中找出一點蛛絲馬跡，最後，她在圖片庫中找到一個有加密的資料夾。

這裡頭的東西，單純只是蕙琪不想讓別人看見的祕密，還是說與她想要找的線索有關？

望著需要輸入密碼的空白欄，羽芊猶豫了一會兒後，鼓起勇氣輸入她心中忖度已久的答案。

◆

富麗堂皇的大廳中，偌大的水晶吊燈懸於正中央，在沒有任何光線的照射下，僅有大廳兩側樓梯旁的蠟燭臺各點著一盞蠟燭，微弱的燭火在黑暗中恣意跳動，即使是

晦暗不明的微光，也難掩周圍盡是豪華的擺設。

此刻，有一雙腳輕輕踩在豔紅的波斯地毯上，緩緩沿著樓梯向上移動。

他轉彎進入長廊，最後在走廊盡頭的房間門前停下，他轉動門把，待門開啟時裡面的空間竟然比一般房間還要大上好幾倍。

「沒想到你自己來了呢，卡穆家族的代理人。」

房間裡頭傳來一陣清新的薰衣草花香，只有燭光照明的室內可以看見一名豔麗的女子兩腿交疊坐在沙發上，一席開叉的深紅晚禮服顯現出她腿部的優美線條，燦金色的微捲長髮搭配那雙懾人心魂的紫色眼眸，再加上胸前的波濤洶湧，眼前的女子全身上下散發出一股足以讓人拜倒在她石榴裙下的魅力。

她嘴裡噙著一抹笑，端著注滿紅酒的透明高腳杯，注視來者的身影。

「計畫準備得如何？我可不希望兩家長久以來建立的友誼會因為一些小事情受到影響呦。」她啜飲一口紅酒，似乎意有所指。

「一切照之前的計畫繼續進行，目前已經找到亞理莎的外孫女，再過不久，我會將家族的掌管權移交給她。」黑暗中，她看不清男子的面容，只聽得見他極具磁性的

嗓音。

「哦，這樣真的好嗎？我對於叛徒的印象似乎都不是很好。」她的眼神突然銳利起來，「我聽我養的小貓說過，前陣子有隻誤入的貓咪偷偷溜進別人的地盤，還翻箱倒櫃想找出主人的祕密呢。你說說看，這筆帳我們該如何算啊？」

她冷笑，緊接著仰頭將手上的紅酒一飲而盡。

「我這人一向不喜歡把事情鬧大，但就這點而言，就不禁讓人懷疑你們卡穆家族是否真心想和我們合作，要不是看在兩家幾百年來的交情，我才不會浪費時間私底下向你詢問事情緣由。」

男子低頭不語，沉默了一段時間後他才開口，一抹狡黠的光采從他眼底溜過。

「我知道了，相信貴為諾斯理家族大家長的妳，在這次事情的處理上應該會不失公允才對，不知道能否看在我的面子當作什麼事也沒發生過呢？」

「呵，你這人倒是挺會和我談條件。」女子將酒杯擱在一旁的小桌子上。

「希望你養的貓咪能自愛點，否則下次被逮個正著，我可不會手下留情。」

「不會再有下次了。」

男子轉身，頭也不回地準備離去，只不過在他離開前，他的眼睛下意識瞥了一眼女子別在胸口的一枚銀白色胸針，或者說，象徵某種意義的徽章。

那圖案，是隻欲翩然起舞的蝴蝶。

05

動情

在月黑風高的夜裡，羽芊雙腳一蹬直接單手翻越學校圍牆，從她完美的著地來看，可以得知她俐落的身手絕非一夕可成。

果然，東西一定就藏在那間教室裡！

羽芊隱身於黑暗處，在樹影的遮蔽下快速朝美術教室方向移動。

蕙琪手機裡的加密資料夾她打開了，而密碼就和她所想的一樣。

Secret

雖然是很簡單的英文字母，但裡頭組合起來的意義卻令她感到不可置信。

資料夾中有兩張照片，其中一張拍的是教室內

部，雖然光線並不是很充足，四周似乎都被拉上了窗簾，但從照片一角拍到的肖像畫可以判定應該是美術教室沒錯。

只不過，真正讓羽芊感到震驚的卻是另一張相片。

晦暗的相片中，放在桌上的是好幾把小巧精緻的銀刃，握柄上頭刻著精緻的花紋，銀白色的刀刃在月光照射下散發出耀眼的光采，原本這些看起來並沒有什麼大不了的，但眼尖的羽芊卻發現握柄上刻的圖騰——

竟然是白薔薇！

她對花卉沒什麼特別研究，但自從遇見洛伊後，腦海中潛藏的記憶似乎再度被喚醒，她唯一想起來的東西就是白薔薇。

可惡，到底小時候發生過什麼事？為什麼她一點都想不起來？

羽芊憤憤地握緊拳頭，對自己的無能感到氣憤。

她前陣子之所以偷偷潛入美術教室翻箱倒櫃，為的就是要找出藏在美術教室裡的Secret，而Secret的存在，其實是她從信件的內容所得到的資訊。

羽芊很討厭洛伊，尤其是當他用那種深不可測的眼神看她時，她總覺得他對自己

藏了許多祕密，即便如此，為了要得到更多關於血族的資訊，羽芊還是會咬緊牙根試著與洛伊聯絡。

剛開始，洛伊什麼都沒說直接扔了好幾個刻有百合花紋的小玻璃瓶給她，裡頭流動著寶石紅般的美麗液體，由於羽芊早就認得瓶子裡所裝為何物，因此她跟上次一樣身體很快出現灼熱感，呼吸也跟著急促起來。

只不過，洛伊沒有像上次那樣直接讓她飲下液體，而是迅速往羽芊頭上揍了一拳後，才旋開瓶蓋讓她喝下。

在那當下，頭頂被打出一個包的羽芊差點衝上去和洛伊拚個你死我活，因為——洛伊根本就沒有因為對方是女生而手下留情！

羽芊咬著牙恨恨地瞪向洛伊，她直覺對方根本就是故意挾怨報復這一拳才會揍得不輕，不過洛伊對於她含恨的眼神沒有做出任何表示，只是笑笑地要羽芊繼續盯著紅色液體看。

每當羽芊的眼睛多看一次玻璃瓶內的紅色液體，同樣的身體不適就會再度出現，因此相對地她就會多挨一次洛伊的拳頭，但奇怪的是經過這樣的模式反覆訓練幾天

後，她發現自己對於血液似乎不再那麼渴求，甚至連身體的狀況都可以控制在水準之上了。

對於自身改變羽芊感到頗為訝異，而洛伊看見她的情況趨於穩定後，什麼也沒說就直接叫她先回去，過幾天後再來找他。

回家的路上，羽芊一直思考著，洛伊之所以會在她看見血有強烈反應時揍她，會不會是為了訓練自己克服對血的渴望呢？

當羽芊意識到腦中竟然會浮現這種想法時，連她自己都嚇了一跳。

不可能，那傢伙根本不可能這麼好心，他一定是故意用這招來整自己的。

她甩甩頭努力拋卻不該出現的想法，順便心想自己最近是否有不小心撞壞腦袋了。

那一夜，羽芊沒有得到答案，徹夜難眠。

幾天後，原本差不多在傍晚才會去拜訪洛伊的羽芊突然臨時起意，下午的時候直接跑到對方的住處。

其實她也不懂自己為何要這麼做，只是剛好有這種想法出現而已，直覺告訴她今天或許會有意想不到的收穫。

當羽芊到了洛伊家門口時，正好遇見郵差送信，由於她本來就打算進屋內，因此便順理成章幫洛伊將信件拿了進來，但奇怪的是平常她進門時洛伊總會在客廳微笑向她打招呼，今天不知怎麼搞的竟然完全不見人蹤影。

羽芊突然很慶幸鑰匙在自己手上，否則她即使把門鈴按壞了，門也不會自動打開。不過她對於洛伊不在家這件事還是滿訝異的，因為她一直以為吸血鬼怕陽光，不可能在光天化日之下出門的……看來，這方面她還是得再多做點功課才行。

無聊的羽芊將剛剛郵差送來的信件扔在桌上後，開始坐在沙發上四處張望，想藉此擺脫目前閒閒沒事做的窘境，但不知道為什麼，她下意識將目光轉往桌上的信件。

她突然想到，既然洛伊是血族，那麼寄信給他的有沒有可能也是他的族人呢？

羽芊二話不說將桌上的那三封信拿起來端詳，這才發現三名寄件人的住址雖然不同，但所使用的信封都屬於同一種款式。

帶點復古、優雅的唯美風格。

怪了，剛剛她拿信時怎麼都沒發覺呢？

淺褐色的信封上印著一朵典雅的百合，仔細一聞，一縷淡淡清香沁入鼻中，這味

道……就跟洛伊身上的香氣很相似。

等等，她到底在想什麼東西呀？

羽芊的頭差點沒往眼前的水晶桌子撞去，這種非常突兀的該死想法讓她想乾脆掐死自己算了。

她現在要做的事情是調查、是挖掘該怎麼做才能找出對付血族的祕密耶！在這種緊要關頭，只要一不小心被對方發現她偷偷拆了對方的信，她恐怕連自己怎麼死的都不知道了，竟然還有多餘的心思想這種事！

羽芊憤怒地拆開第一封信，結果不看還好，一看就差點讓她再度出現尋短的念頭。

親愛的洛伊大人，很抱歉這麼唐突又再次寫信打擾您，小女子是當今凡提亞家族掌管者的么女，因為實在是太久仰洛伊大人的大名了，因此我便決意提筆寫這第一千七百六十二封信給您。聽家父有言洛伊大人一直單身未娶，想必是因為還未出現您中意的女性吧，既然如此，請容許小女子毛遂自薦，雖然目前只有十二歲，但我願與洛伊大人結為連理，繁衍後代，共享天倫之樂……

羽芊完全處於崩潰狀態，因為這封根本不是什麼跟血族有關的機密文件，而是一封寫得根本莫名其妙的求、婚、信！

不會吧，難道在血族裡頭洛伊其實很受女性歡迎，就連小孩子也不肯放過？

不信邪的羽芊連忙拆開第二封信，沒想到開頭的文字讀不到兩行她就發覺信件內容其實和第一封大同小異，也是女性充滿濃濃愛戀的詭異告白信。

此時羽芊突然有一種她不能再相信自己直覺的想法了，她今天雖然確實在洛伊家獲得意想不到的收穫，但這種「收穫」她一點都不想要好嗎？幸好她今天跑來這裡是臨時起意而不是洛伊一手策劃好的，否則她真的會以為對方根本就是要向她炫耀自己多有女人緣。

羽芊漫不經心地拆開最後一封信，單手托著下巴，打算瞧瞧這封情書又是哪個可憐傢伙寫來的真摯告白。只是當她的目光一觸及文字時，羽芊馬上感覺到這封信和先前兩封求愛內容完全不同，趕緊坐好仔細詳閱。

Secret早已交由適當人選保管，只須留意兩名Hunter的動向，切勿讓二人有機會接近Secret。

切記，被放逐的轉世少女將以新身分再次回歸此地，一旦遇之，格殺毋論。

信中短短的幾行字已透露出不少訊息，這不禁讓羽芊開始思考當中所提及的內容。先不論信中所述的「Secret」及「Hunter」指的到底是什麼，光是「少女」的出現就讓羽芊眼睛為之一亮，因為對方很有可能是阻礙血族計畫的絆腳石，只要她能讓對方免於被殺害的命運，那她就有機會破壞整個計畫的進行。

對，一定可以。

羽芊在心中這麼告訴自己。

不過，究竟Secret是什麼，還有為什麼他們不要讓Hunter接近它，羽芊猜測這當中一定有什麼特別的因果關係才對，既然如此，那她就必須盡快找出Secret的下落，這是目前為止她所能做的事。

因此，羽芊在那之後曾經到美術教室翻箱倒櫃尋找Secret的存在，因為她判斷洛

伊既然曾在學校出現過，而自己的身體也在相同的地點容易出現難以控制的變化，那就表示「學校」很有可能藏著什麼祕密也說不定，在這當中，她覺得美術老師的嫌疑最大。

雖然那次潛入教室並沒有找到任何可疑物品，但自從解開蕙琪手機裡資料夾的祕密後，她更加確定自己的推斷是正確的，Secret指的很有可能就是相片中的數把銀刃。

只不過，為什麼蕙琪會知道Secret呢？

這一點，她到現在仍然想不透。

望著眼前高大的建築物，埋伏於操場附近的羽芊開始忖度這一次該用怎樣的方式潛入美術教室，經過上次的打擾後晚間戒備想必會變得更加森嚴才對，她要做的是盡可能避開任何會暴露自己身分的機會。

突然，羽芊感覺到似乎有一股視線正緊盯著她不放。

是誰？是什麼時候跟在她身邊的？

羽芊一如既往地保持冷靜，她蹲下身假裝準備繫鞋帶，卻在捕捉到對方鬆懈的那一瞬間迅速起身往玄關的方向衝去。

在田徑比賽中，她一直都是最佳紀錄保持人，若單純比腳程和速度她有絕對的自信不會輸給一般人。

除非，對方根本不是人類。

就在羽芊這麼想的同時，她在距離玄關約莫一公尺的地方被人從身後緊緊抱住、完全動彈不得，對方身體傳來一陣異樣冰冷，但身上飄來的那股淡淡香氣卻格外令人感到熟悉。

這個味道是……

「丫頭，這麼晚了妳來這裡做什麼？」

洛伊放開她，帶有慍色的臉孔羽芊是頭一次看見。

「我愛去哪就去哪，應該沒必要向你報備吧。」

羽芊轉身離開，打算無視對方的問題。「就只是到處閒晃而已，你也管不著。」

「不要告訴我妳的最終目的地是美術教室。」

洛伊冷冷地說著，而聽到這句話的羽芊則是當場愣在原地，手心不自覺沁出一絲冷汗。

此時的她，第一次感受到名為顫慄的恐懼與壓迫。

奇怪，他為什麼會知道？難道他已經發現了？

羽芊握緊拳頭，心中滿是各種不甘，如果說洛伊早就知道自己的目的，那他為何跟蹤自己這點就說得清了，但是，現在最關鍵的問題是洛伊到底是從什麼時候發現的？

羽芊不知道，也不想知道，因為洛伊如果早就摸清楚自己的動機，甚至已經掌握了她的行蹤，那麼，這陣子他所表現出來的一切難道都只是在演戲嗎？他為什麼不直接向自己攤牌？還是說，他在等自己露出馬腳？

羽芊已經不想再往下想了。

「如果我說是的話，那你打算怎麼做？」

羽芊轉身迎上他的視線，似乎正等著對方的答覆。

「我會阻止妳過去。」他沒有任何猶豫。

「這麼做對你沒好處。」羽芊後退一步，她壓低身子，採取備戰姿態。

其實她沒把握自己能打贏對方，不過她本來就沒有要和對方交戰的意圖，要是能藉此擾亂對方的盤算那倒也算是值得一試，因為她很清楚論實力自己是處於下風，但

拼速度那可就不一定了。

剛剛之所以被攔下，其實是羽芊故意將速度放慢藉此引誘對方現身，正也因為如此，她才有機會推算出洛伊能追上她的速度到底有多快。

只要抓準時機，就可以直接甩掉對方了。

現在她缺乏的，是一個適當的機會。

「即使我放妳過去，對妳來說也沒有半點好處。」洛伊瞪了羽芊一眼，目光掃過她空空如也的雙手。「妳的油燈呢？沒有油燈的保護就想擅自再闖進去一次，妳這種做法根本就是飛蛾撲火！縱使上次算妳運氣好，妳在他們察覺到不對勁前先離開了，但這也不代表他們不知道妳偷闖進去好嗎？」

「要是妳這次被對方抓到了，就連我也無法保證妳能全身而退，妳為什麼都不為自己的安全多做點考量？」

為什麼？為什麼你要這麼生氣呢？

望著洛伊憤怒的臉龐，羽芊茫然的眼開始出現一絲迷惘，漸漸地，她發現自己越來越不了解洛伊了。明明做出決定後要承擔多少風險，論情論理本來就該由她全權扛

下才對，但她始終不明白對方究竟是在氣什麼。

是因為自己要是被逮個正著會使得計畫延誤，還是說，只是純粹擔心她的安危？

羽芊似乎想起了那盞油燈，那是後來有一次她離開洛伊住處時，洛伊特地交給她的，說是家族的特定人士才能持有，只要她拿著其他血族就不會嗅到她的人類氣息，而這事後也可作為卡穆家族的證明。

原來，他早就知道自己總有一天會開始行動……

「有很多事情我必須得到解答，否則要我什麼都不知道就乖乖協助你們的計畫，這根本違反我的意願。」羽芊低著頭，內心有股說不清的複雜情感悄悄湧現。「所以，不管你說什麼，我都一定要再進美術教室確認一次。」

「不可以，如果妳真的執意要過去，不管用什麼辦法我都會阻止妳。」

洛伊擋住她的去路，似乎早已猜中羽芊的心思。「妳之後若還是要去美術教室我不會再攔妳了，但是請妳答應我，今晚就別過去了，好嗎？」

他低聲呢喃道：「米珈娜已經在那裡等獵物自動落網了。」

落網？難道之前所發生的一切都只是場佈局？美術教室充其量不過是用來引誘出

獵物的餌而已？

對方所等待的，究竟是身為「叛徒」的自己？還是那名被放逐的轉世少女呢？

羽芊感覺到心中築起的那道高牆開始逐漸崩毀，有好多好多的疑問不斷衝擊著她的思緒，她不想懂也不想要獲得解答，只因她不願讓自己堅持已久的信念在瞬間瓦解。

她的心，開始動搖了。

即使只有一點點可能性，她對於這樣的自己卻感到束手無策。

除了茫然外，有更多是無所適從的迷惘。

「為什麼……為什麼你要幫助我？」

她喃喃自語，聲音小得幾乎連自己都聽不見。

突然，洛伊一把抓住羽芊的手，將她往懷裡拉去，被緊抱住的她只能聽見洛伊在她耳邊的輕柔細語。

那不是輕佻，而是沉穩、篤定的一句話。

「因為，妳是我未來的新娘。」

06

妳

我等妳很久了。

當年若不是妳揭發我，我至今也不會落得如此下場。

妳知道嗎？每當我選擇閉上眼睛，腦海便會浮現當年悲痛的景象。

日復一日不斷輪迴的噩夢，已經纏著我好幾百年了。

這樣的痛苦，妳有辦法理解嗎？

呵，沒關係，慢慢來就好。

反正，我已經找到妳了。

我一定要妳為當年的事付出慘痛的代價。

誰？是誰在說話？

行進中的雅若突然停在原地，側耳傾聽風中的

呢喃。

呼嘯而過的狂風掃過她飛舞的長髮，周圍的氣溫彷彿被急凍般瞬間下降好幾度，明明是燠熱到令人躁動不已的黑夜，此刻卻莫名出現秋天才有的淒冷與蕭瑟。

到底是怎麼一回事？

那聲音的主人，是誰？

「雅若，妳還好嗎？」

注意到雅若異樣的宛竹和啟暉同時停下腳步，紛紛回頭看向她。

現在，雅若一行人正位於四樓連接走廊，只要撐到下一個轉角就能看見美術教室了，眼看著就要抵達目的地，雅若說什麼也不能讓自己成為大家停下來的絆腳石。

即使只有一瞬間，她也絕不允許。

「我沒事，我們快走吧。」

就在雅若準備繼續往前時，她沒來由地感覺到自己的感官與身體瞬間剝離，空白的意識讓她的思考短暫停止，也不知道是誰的聲音直接衝擊雅若的耳膜，待回過神後，身體動作依然慢了半拍。

「小心！」

站在右前方的啟暉突然一個箭步衝向前，用力抱住雅若——

迅速往右邊閃！

一排銀色匕首往剛剛雅若站的地方射去，散發出清冷白光的刀身硬生生沒入結實的大理石地板，快狠準的熟練度與力道讓地面幾乎沒有產生裂縫。

「唉呀，沒想到妳的奴僕還挺機靈的嘛，還算懂得在適當時機保護主人的安全。」

一道極具魅惑的女聲自黑夜降臨，隱藏於黑暗中的喀搭聲由遠而近，直到一抹身影在月光的照射下現出了蹤跡。

金黃色的髮絲以狂野的姿態披散在肩頭，黑色緊身風衣包裹住的是婀娜多姿的曼妙身軀，她腰間繫著一綑皮鞭，過膝的長筒馬靴襯出她腿部的優美線條，雖然她是一個人自黑暗中走出，但卻能明顯感受到還有好幾個埋伏於黑夜之中的影子。

以及，那充滿渴望的瘋狂視線。

「沒想到過了這麼久，妳還是一點也沒變呀。」女子開口，那點著絳紅胭脂的薄

唇猶如蓮花開展，散發出迷人魅力。

「親愛的雅若，我們真是好久不見了。」她臉上綻放出一朵冶豔的桃花，很是滿意地欣賞著雅若訝異的神情。「過去的名字就別提了，現在在妳眼前的我是米珈娜，諾斯理家族的掌管者。」

她優雅地彎腰起了個揖，「若有失遠迎，還請多加包涵啊。」

米珈娜？雅若狐疑地看著對方，心中開始盤算起來。

因為，對於米珈娜所吐出來的一字一句，此刻繃緊神經的她可沒聽漏半個字。

「雅若，妳認識她？」見雅若沒反應，宛竹在她耳邊小聲問道。

「不，我不認識。」

雅若搖頭，繼續觀察眼前自稱是米珈娜的女子。

剛才，她毫不猶豫直接喊出自己的名字，那就表示對方很有可能早就知道自己的身分了。

這一點，不禁讓雅若對她產生戒心。

雅若開始回想這一生她所遇見過的人事物，只不過即使她在記憶裡搜索了好幾

回，她對米珈娜這個人依然一點印象也沒有。

由此看來，問題並不出在她身上。

既然如此，米珈娜為何要說出「好久不見」這種令人匪夷所思的話呢？難道她早在某些契機下得知自己死神的身分？

「妳有什麼目的？」一想到這裡，她的目光不自覺深沉了起來。

不管結論如何，先解決眼前的事再說。

「唉呦親愛的，別露出那種表情嘛！這樣看得我好傷心喔，虧我日日夜夜一直忘不了妳的身影，我對妳這般思念，難道不能回饋些什麼給我嗎？」米珈娜撥了撥自己的頭髮，臉上的笑容似乎更深了些。

「如果妳安分點過日子，假裝什麼事都不知道、也不去干涉，這麼一來，說不定還有機會取回妳的記憶呢。」

突然，她的笑容頓時消逝，取而代之的是殺氣騰騰的怒意。「不過妳既然被我找到了，那我勢必得向妳討回當年的那筆債才行。說說看，這一次妳想怎麼死呢？說不定，我會大發慈悲成全妳。」

她笑得十分燦爛，補上最後一句。

「如果我心情好點的話。」

就在米珈娜講完的瞬間，學校鐘聲驟然響起，強烈刺耳的錄音式鐘聲在寂靜無人的校園內迴盪，宛若告示著和平的終結，正式敲下宣戰的鳴鐘。

「老女人，妳一個人在那邊嘰哩呱啦講了一大串沒人聽的懂啦！不過我警告妳，要是妳敢對雅若怎麼樣，我們兩個絕對會加倍奉還給妳！」站在一旁的宛竹和啟暉再也沉不住氣，他們同一時間將雅若護在身後，採取備戰模式。

不對，真正該被保護的人是你們兩個才對！

雅若挪開步伐想走向前，卻被他們用手硬是擋了下來。

「哼，兩個小雜碎又有什麼本事，還不滾到一旁涼快去！」米珈娜面有慍色，紫色的眼眸倒映出兩人陌生又熟悉的身影。

嘖，這兩個傢伙，不好對付。

她臉色一沉，但下一秒嘴角的弧度卻不自覺揚起。

仔細一想，她已經很久沒遇到如此振奮人心的事了。

或許，她一直期待著彼此的相遇也說不定呢。

「這句話是我要說的才對。」啟暉往前跨出一步，雙手插腰。

他嗅了嗅空氣中的氣味，一臉嫌惡。「真是的，這股味道這麼久沒聞了，沒想到竟然還是和記憶中的一樣難聞。」

「洪啟暉，你嘴巴說是這麼說，但其實你和我一樣，全身的血液都開始沸騰起來了吧。」宛竹下意識舔了舔上唇，看起來心情十分雀躍。

「吸血鬼的味道，還真是令人感到興奮啊。」

什麼！

瞬間，雅若的腦袋突然「轟」的一聲彷彿被炸開般一片空白，腦中最後停留的卻是他們兩人的對話。

難道說，他們早就知道吸血鬼的存在了？但是，為什麼呢？

讓他們知道這一切的管道究竟為何？契機呢？

是從何時開始的？他們在這之前已經接觸過吸血鬼了嗎？

有好多好多問題一下子衝擊雅若的腦袋，讓她一時之間無法反應過來，雅若到了

此刻才驚覺，原來，她對宛竹和啟暉的事幾乎可說是一無所知。

「看來，Hunter會出現在這可說是我的失算呢。」

米珈娜微笑，再一次確認了對方的身分，而那些埋伏在黑夜中的身影正蠢蠢欲動著，只要米珈娜一個手勢，他們便可以肆無忌憚地大開殺戒，直接衝上前咬住對方的頸子，慢慢品嚐血液甘美的滋味。

現在，他們全用迫切的眼神望著米珈娜，恨不得她趕快下達指令。因為，他們已經快要抵擋不住獵物身上散發出來的甜美氣味了。

而這一點，米珈娜心裡其實再清楚不過了，先不論她那群手下的腦袋是否會因食物的誘惑而降低對危險的警覺性，依目前的局勢，如果真要開打的話，即便現場有兩名Hunter存在，要達到平分秋色的局面也不無可能。

只不過，她一向不是很喜歡冒險呢，真是麻煩。

既然如此，那就玩玩看吧。她笑著，美麗的眼閃過一絲狡黠。

賭注越大，迎來勝利女神的眷顧時才顯得更有價值呀。

米珈娜斂起笑容，突然一個後空翻躍至學校的女兒牆上，背著月光的她慢慢起

身，猶如沙場上身經百戰的將軍，冰冷的神情透露出一絲狠戾，全身上下散發著一名身為決策者才具備的魄力，她高舉著右手，牽動嘴角的竟是殘酷的冷笑。

正當米珈娜的右手準備揮下的同時，突然一陣狂風大作，惹得眾人睜不開眼，眼角只能瞥見有個白影瞬間自黑暗中竄出，適時擋在米珈娜與雅若一行人中間，澈底將彼此隔開來。

「主人，時機尚未成熟，千萬不可貿然行動。」

來者穿著白底鑲藍邊的長袍，寬大的衣袖幾乎將他整個人包覆起來，就連他的面容也被寬鬆的白帽遮住，而他刻意壓低聲音的做法似乎是在掩飾著什麼。

米珈娜定眼一瞧，馬上知道這是象徵諾斯理家族的長袍，即便此刻的她心中有千百萬個不願意，但她還是二話不說立馬向其他人打出一個手勢，緊接著和身穿白袍的神祕人一同消失在黑夜中。

現場馬上恢復原本的寂靜，彷彿剛才所見的事不曾發生過，這一切的發展來得太快，讓雅若一夥人頓時也不知該做出什麼反應，等確定米珈娜他們真的離開現場後，兩人之間這才有了細碎的交談聲。

「奇怪，我怎麼覺得那個穿白袍的傢伙聲音聽起來很耳熟啊？」宛竹雙手交叉擺胸，偏著頭努力思考，表情很是認真。

「這不是妳的錯覺，因為我也有相同的感受。」啟暉摸著下巴，開始思索腦海中浮現的各種可能。

雖然一旁的雅若聽不太懂他們兩人之間的對話，不過她可沒放過接下來兩人臉上閃過的異樣神情。

不到幾秒鐘的時間，當宛竹和啟暉兩人理出一點頭緒後，他們的臉非常有默契的在同一時間瞬間刷成鐵青色，並且面面相覷。

因為，他們想到了一個不該是答案的答案。

◆

「不行，妳的腰桿要打直……對對對，就是這個樣子，再來走路時眼睛要平視前方，還有不要忘記頭上的書本要隨時保持平衡。」

在洛伊的住處，非常難得的這個時間點走廊上竟然會一片燈火通明，若不是裡頭出現主人的聲音，很難不讓人懷疑是不是遭人闖空門了。

現在的洛伊臉上沒有出現半絲倦容，他十分有耐心地站在長廊盡頭指導羽芊的動作，要她照自己所教的從另一端走過去。

即使，這些話他今晚已經不知道重複講了幾百次了。

真是的，你叫我走我就走，那我尊嚴要往哪裡擺啊……

雖然差點要罷工不幹了的羽芊很想當他的面直接喊出這句話，不過她還是默默隱忍下來，乖乖照洛伊所說的想辦法走出優美的步伐。

一步、兩步、三步……

正當羽芊認為一切發展得十分順利、正打算再接再厲繼續往下數第四步時，她突然沒來由地預感自己有高達百分之九十九的機率會往前傾，身體直接和地板來個親密接觸。

沒想到所謂的第六感真的不愧是第六感，接下來羽芊非常符合自己的期待在洛伊面前摔個四腳朝天。

而且，還是臉部直接朝地的那一型。

「臭洛伊，你看看你那是什麼訓練方式！你就不能在我走路姿勢練好後才穿高跟鞋實戰嗎？」羽芊吃痛地撐起身子，膝蓋估計到了隔天又會出現一塊新的瘀青。

為什麼要說「又」呢？因為今晚羽芊已經為了練習傳說中上流名媛們高雅的走路姿態摔了不下數十次，就連腳上穿的高跟鞋也因為她的「特異功能」慘遭荼毒。

鞋面磨損事小，但鞋跟斷裂可就不好處理了，因此，到目前為止她已經不知道弄壞幾雙鞋了。

她真的不懂自己幹嘛要來這裡活受罪，而且突然要她練習走路姿勢是怎樣啦！

她開始懷疑洛伊是不是吃飽了沒事做，打算看她跌倒來當娛樂活動消磨時間。

「等妳把姿勢調整好不知道已經民國幾年了，再等妳習慣高跟鞋的存在，我看即使有幾百年的時間那也不夠妳來用。」洛伊蹲下身握住羽芊的腳踝，脫下鞋子後，映入眼簾的是紅腫的腳跟與腳趾頭。

「唉，沒氣質就算了，但怎麼練習了老半天連個樣子也裝不出來呢？看來妳果然不是當大家閨秀的那塊料。」他嘆了口氣，語氣中莫名夾雜少許感慨。

「……很抱歉，我打從娘胎出生的那一刻起行為舉止天生就像個男人，讓你感到如此失望還真是對不住啊。」

羽芊迅速抽回自己的腳，看著洛伊的眼神說有多怨毒就有多怨毒，或者說，她根本就是把眼前的人當作仇家來看待。

先不論今天晚上洛伊莫名其妙說了什麼「妳是我未來的新娘」這種可能頭殼壞掉了的蠢話，光是大半夜把她抓來練習步伐這點羽芊就可以斷定對方最近一定撞壞腦袋了，要不然就是故意整她、鬧她，否則，洛伊現在也不會看起來一副什麼事都沒發生過的樣子。

對，一定是這樣，他鐵定是故意的。羽芊不由自主握緊拳頭。

君子報仇，三年不晚。今日之事，我事後一定要你加倍奉還！

羽芊咬牙切齒看向他，那表情看起來就像對方跟她有不共戴天之仇一樣，很難想像個性一向大剌剌的她，竟然會因為這些無聊小事將對方設為超級黑名單。

「別瞪了，再瞪下去也改變不了要去和米珈娜會面的事實，如果不想被她當成路人甲，妳這幾天就乖乖來練習吧。」洛伊好整以暇地說著，完全無視羽芊眼裡射出的

好幾道殺人光線。

不過說是這麼說，洛伊此刻還是看出羽芊藏在眼底的疑惑，他摸摸下巴，嚴重懷疑自己說話時羽芊到底聽進去了幾成。

七成嘛……不不不，說不定連五成都不到。

洛伊不禁開始頭痛起來，畢竟有些事情不是一時半刻能解釋得清的。

「不要告訴我妳忘了這回事，或者說妳壓根兒不知道有這件事存在。」他毅然決然為自己做好了心理建設。

「如果我回答後者，你會有什麼反應？」

「那我可能得先請妳節哀了，因為三天後我就要帶妳去見米珈娜，她是現今諾斯理家族的掌管者，如果晚宴當天妳不想在眾人面前留下『特別的』第一印象，那就請妳從現在開始好好努力吧。」

「……混帳！你當我是神嗎？才三天我最好練得起來啦！」

07

另一個李蕙琪

一大清早，羽芊拖著沉重的腳步，心不甘情不願地往學校方向緩緩移動，途中還不忘呵欠連連，從她沒什麼整理的凌亂短髮及鬆鬆垮垮的運動衫來看，儼然就是一個趕著出門上學的概念，就連從她身旁經過的機車騎士都能明顯感受出她昨晚沒睡飽的強烈怨念。

掛著兩隻熊貓眼的羽芊今早出門時索性抓了件長褲換上，這讓平時為了方便活動而穿慣短褲的她感到十分不自在，要不是因為她的膝蓋附近出現不少大大小小的瘀青，長褲這種東西早已被她封鎖在衣櫥裡多年了，這輩子根本不會有封印解除的那一天。

現在，羽芊開始認真思考今天放學後的田徑訓練是否該向教練請個假，否則依照她目前「傷兵」的身分，要是被教練察覺，鐵定會把她好好訓斥一頓。

身體狀況的優劣，若要說是運動員生涯中成敗的

關鍵這一點並不為過。

因此，這段時間她可能得請盈瑩幫她想出一些合理的藉口好推掉訓練。

當然啦，教練會不會因為這件事特地聯絡她那遠在北部工作的老爹，這大概又是一個謎了。

雖然羽芊不懂洛伊為何堅持要帶自己去見諾斯理家族的掌管者，但就目前的情勢來看，這對她來說無疑是個好機會，而這也離她當初想達成的目的更接近了。

好，之後找個時間通知雅若一聲吧。

吸血鬼的聚會，應該可以獲得不少資訊吧。

想著想著，不知不覺羽芊已經來到教室門口，正當她像往常一樣走入教室時，她發現教室裡的同學紛紛在後面圍成一圈，嘰嘰喳喳的模樣似乎是在討論著什麼。

怪了，怎麼大家一大早精神這麼好？難道吃錯藥了不成？

羽芊心想著，也沒特別留意大家臉上的異樣神情，她緩緩走向自己的座位，打算趁著早自習好好補眠一番，但當羽芊眼角餘光瞄到隔壁本來應該無人的位子時，一個熟悉的身影映入眼簾，頓時讓她猛然一震，驚訝得連嘴巴都合不攏了。

一時之間，羽芊的腦袋有如當機般一片空白，完全不知道此時該做出怎樣的反應。第一次，她如此強烈希望自己眼前所看到的其實是沒睡醒而產生的幻覺。

「羽芊，早安啊。」

少女抬頭，眼裡流轉著寶石般的光采，隨著身體動作晃呀晃的兩隻小馬尾正俏皮地向來者打招呼，她笑盈盈地望著羽芊，還不忘隨時舔著手上那根約手掌大小的彩虹棒棒糖。

「喂，妳那是什麼表情啊？看起來就好像看到鬼一樣。」她將棒棒糖含在嘴裡，一臉哀怨的模樣似乎是在抱怨羽芊見到她時表現得不夠熱情。

「我只不過沒上暑期輔導而已，該不會暑假一過完後，妳就澈底忘記我是誰了吧？」她瞇著眼，嚴重懷疑這句話說到羽芊心坎裡了。

「好樣的，妳不說話就代表妳承認了吼！到時妳生日若收到好幾罐銀杏，那絕對是我李蕙琪送妳的大禮。」

她特地將「李蕙琪」三個字用力強調一番，而這個名字卻也同時讓羽芊的手心不自覺沁出一絲冷汗，蕙琪明明早在開學時被人發現陳屍於三樓連接走廊，既然如此，

那現在出現在自己面前的人究竟是誰？

似乎沒有注意到羽芊臉上的表情，蕙琪轉身望向在教室後面圍成一圈看著她的同學們，察覺到他們驚駭的目光後，她雙手叉腰很是不滿。

「喂，你們大家到底是怎麼回事啊？從我進來教室後就一個接一個跑到教室後面講悄悄話，把我排除在外這筆帳我還沒跟你們算呢，現在又用那種很害怕的眼神看我是怎樣啦，見到鬼喔？」

蕙琪從制服口袋拿出一根棒棒糖，憤怒地撕下包裝紙，將糖果用力塞進嘴巴，緊接著環視大家一圈，看看他們能不能說出一個合理的解釋來消除她心中的怒火。

只不過，現場一片鴉雀無聲，就連羽芊也不知道該如何開口。其實眾人們想要問的問題都一樣，只是話甫要出口就被自己的理智硬是逼得吞回肚子裡，這種情況不是沒有原因的，因為誰也無法保證之後得到的解答自己能有多高的接受度。

因此，這種時候還是不要說實話的好，能夠敷衍過去當作沒這回事最好。

但是，意外總是容易在緊要關頭發生，就在大家都盡可能地想辦法要將這件事掩飾過去時，一個帶著驚訝的聲音冷不防從教室門口傳來，而對方不經意脫口而出的話

頓時讓大家差點想衝上去把她海K一頓。

「蕙琪！妳果然真的沒死！我就知道說妳死掉的消息一定是假的！」站在門口的盈瑩喜出望外，以跑百米的速度衝到蕙琪面前緊緊抱住她，還不忘高興地跳了好幾下。

「妳知道當我聽見妳死掉的消息時我有多難過嗎？害我好幾天都吃不下飯……不過後來我想了一下，整件事還是有很多奇怪的地方，因此我懷疑這當中是不是有什麼誤會，不過不管怎麼說妳人平安回來就好。」

「厚！原來是這麼一回事喔。」被抱住的蕙琪腦筋迅速轉了好幾圈，才澈底了解究竟是發生了什麼事。

現在，她用一種「我終於明白了」的表情看著大家，等盈瑩終於鬆手後，她才開始娓娓道出眾人們一直想釐清的事實真相。

「真是的，你們有問題是不會提出來嗎？你們不說我哪知道你們心裡在想些什麼啊。」蕙琪嘛著嘴，「首先，我是人不是鬼，這點你們大可放心。」

見眾人鬆了一口氣後，她緩緩道。「再來，被發現的屍體根本就不是我本人好

嗎？真搞不懂現在警方是怎麼辦案的，光靠身上的衣物和配件又能證明多少東西？最起碼他們把死者搞錯了這點是事實無誤。」

「那妳怎麼開學時沒來學校，一直到今天才出現呢？」羽芊望著她的眼睛，似乎是想確認一些事。

「因為暑假我和爸媽去歐洲旅行啊，如果不信你們可以去問他們。」

蕙琪好整以暇地又從口袋拿出一根棒棒糖，笑笑地撕開包裝紙將糖果含在嘴裡。

「由於行程delay的關係，所以開學那幾個禮拜我估計應該是趕不回來了，本來想說要打電話跟班導說一聲，但我的手機被美術老師沒收了，所有人的電話號碼都存在裡面，而我人又在國外，一時之間也沒什麼辦法，想說就這樣算了，回來再解釋。

「只不過，我沒想到說我不在的這段期間竟然發生這麼多事，讓你們虛驚一場還真是不好意思啊。」

「李蕙琪！妳也太不負責任了吧，把我那幾天為妳哭的眼淚通通還來！」

「太可惡了啦，妳害我們大家一顆心七上八下的，這樣會得心臟病妳知道嗎？」

「對嘛對嘛，蕙琪妳太過分了，妳不好好跟我們賠個不是妳就完了！」

很快地，大家的態度馬上一百八十度大轉變，不同於先前的恐懼與陰霾，取而代之的是鬆了一口氣的喜悅感。

同學們恢復已往嬉戲打鬧的情景，大家和蕙琪有說有笑的畫面不管怎麼看，都是那麼的和諧、那麼的和平，一切似乎又回到最初的起點。

只不過，現場只有羽芊的想法例外。

望著不斷舔著棒棒糖並和盈瑩互相損對方的蕙琪，羽芊仍然覺得事有蹊蹺，先不論蕙琪對於警方處理一事的說詞還有些許疑點尚未釐清，光是擺在眼前的就有一件事讓她起疑了。

因為，真正的蕙琪很討厭甜食，幾乎到了厭惡的地步，既然如此，那蕙琪怎又會隨時隨地糖果不離身呢？

這個人，百分之百絕對不是她所認識的李蕙琪！

當羽芊繼續陷入沉思時，她意外瞥見教室外從走廊盡頭迎面走來的雅若三人，但出乎她意料之外的是，待他們看見教室內部的情形時，宛竹及啟暉兩人不但沒有露出訝異的神情，眼神反而多了一份警戒。

難道說，他們已經察覺到眼前的蕙琪其實是冒牌貨了嗎？

看來，這件事必須先釐清才行。

羽芊不假思索地走向前，在宛竹和啟暉面前用三個人都能同時聽見的音量問了一句話。

「不好意思，雅若能借我一下嗎？」

他們兩個沒有答話，只是轉頭看向雅若，將決定權交給她。

「喔，沒問題啊。」一時會意過來的雅若笑笑地說著。

◆

八點四十三分。

距離第一節的上課時間已經過了三十三分鐘，儘管臺上老師講課講得口沫橫飛，教室裡依然有兩個人呈現躁動狀態，從他們頻頻回望教室後上方時鐘的行為做判斷，能讓他們感到如此坐立難安的源頭，似乎就來自於他們直角方向那原本該要有人坐在

上頭的座位。

不過很快地，他們很有默契地在無人發現的情況下恢復成認真上課的模樣，彷彿剛才的小騷動不過是他人的錯覺罷了。

就在老師轉身寫黑板的瞬間，坐在洪啟暉右後方的顏宛竹突然神不知鬼不覺地迅速扔出一個小紙球，如果不是因為時機抓得剛剛好，任誰也不會知道一臉專注於聽課的宛竹，是如何在這樣的時機下毫無違和感地做出這個看似再自然不過的小動作。

姓洪的，這件事你怎麼看？

很快地，對方立馬抓住老師眼睛瞄向教科書的空檔，頭也不回地將紙球精準地往回扔。

妳是指李蕙琪，還是雅若？

都有。你想先解決哪個？

後者，因為我也挺好奇羽芊到底想告訴雅若什麼事。

既然如此，那就行動吧。

「老師，我頭痛要到保健室休息！」

說時遲那時快，宛竹和啟暉兩人同時舉起手並推開椅子站起、異口同聲地說出這句話，他們聲音之宏亮嚇得原本正在寫黑板的老師不小心將手中的粉筆折成兩段。

「……你們快去吧。」

似乎已經習慣應付學生的各種症狀，老師無奈地一手扶額、另一隻手示意他們可以離開了，而獲得老師一道「聖旨」的兩人馬上二話不說喜孜孜地往某個方向跑去。

同學，你們看起來根本就沒事，而且那邊根本不是去保健室的方向啊。你們要裝好歹也裝得像一點好不好……

老師與在場同學們心有戚戚焉地想著。

而另一方面，雅若和羽芊則是坐在連接走廊的女兒牆上吹風，或許是在沉澱心靈，也或許是在享受這難得寧靜的氛圍，羽芊覺得此刻心情好多了。

這個時間點她們兩個本應該要在教室上課才對，不過因為今天蕙琪的出現在班上造成不少轟動，就連任課老師也不例外，於是在老師們訝異之餘自然不會將心思放在學生人數的多寡上。

尤其是在班上只少了兩名學生的情況下。

因此，現在羽芊倒是很心安理得地蹺課跑來這裡吹風，畢竟，與其坐在本不該出現的蕙琪旁邊，她倒寧願今天一整天都不要待在教室。

「妳的意思是，之前已經確認死亡的李蕙琪，今天到學校來上課了？」雅若凝望遠方，一副若有所思的模樣。

剛才，羽芊已經向她透露了不少關於昨晚以及聚會的資訊，而就目前發展的情況來看，讓她最在意的莫過於李蕙琪這個人的來歷了。

雖然她轉學來的第一天確實沒有嗅到死亡的味道，但光是警方會將死者身分判定錯誤這點就令人感到相當可疑了，而且依照羽芊的說法，現在的李蕙琪只有外表與個性相似而已，有些比較不為人知的習性卻大大不相同。

很明顯，那根本不是本人。

嘖，事情越來越棘手了。

雅若忽然想起昨晚的米珈娜，還有宛竹及啟暉兩人臉上閃過的異樣神情，她突然覺得事情似乎正一點一滴逐漸拼湊出原貌來了。

「蕙琪的事我會再觀察一陣子，妳先別插手。」

「哦，為什麼？如果她真的和吸血鬼的組織有關，那我也沒道理不管吧，既然她曾經是死亡名單的其中一員，那我就有義務追查她魂魄的下落，不是嗎？」雅若偏著頭看羽芊，似笑非笑。

「如果最後真的確認她不是蕙琪本人了，那妳會怎麼做呢？」

是啊，到時候會怎麼做呢？

這個問題羽芊從來沒想過，即使有也不曾試著去尋找解答。

如果真要說的話，其實潛意識裡羽芊一直不願去面對這可能是真相的答案。

她低下頭，在心中自問著，腦海浮現的卻是她們三人共同的回憶。

她、盈瑩以及蕙琪三人相處在一起的美好時光。

曾經，她們說好要一起畢業。

曾經，她們三人可以毫無嫌隙地膩在一起。

曾經，她們決定要當一輩子的好朋友。

這些美好的誓言與過往，通通在那個夜晚化為泡影，再也不可能實現了。

永遠，回不去了。

「如果她真的是有心人士所偽裝，那我會想辦法親手解決她。」

語畢，羽芊頓了一下。

「畢竟，她是我的責任。」

責任是嗎？原來如此。

「妳果然還沒放下。」雅若笑著，指尖輕觸她心的所在位置。

「其實妳真的很希望蕙琪能平安無事，但相對地，妳的愧疚感卻一直時時提醒著妳她死亡的事實，這種矛盾難道妳會沒發現嗎？」

羽芊沒有答話，她的靜默算是間接承認了雅若所說的話。

很簡單的一個反應，便道出她此時心中的真正想法。

如果到時真的確定不是蕙琪本人，那她真有勇氣揭穿對方的假面具嗎？

不知道，她真的不知道該怎麼做才好。

或許，她心中還是抱有一絲期待的。

「對了，我可以問妳一個問題嗎？」

雅若突如其來的一句話，湊巧打斷羽芊的思緒。「什麼問題？」

「妳之前曾對我說過，只要有宛竹和啟暉他們兩個在，我在學校的這段時間就不會出事，為什麼妳能如此斷定呢？」

「喔，原來妳是要問這個啊，其實原因很簡單啊。」羽芊笑了笑，繼續說著。

「因為，他們兩個都是吸血鬼獵人的後代。」

這話甫一出口，雅若瞬間覺得自己的腦袋差點當機，要不是因為此刻她的理智還算清醒，她大概會直接從女兒牆上跌下來。

吸血鬼獵人，在西方具有吸血鬼血統的大家族簡稱他們為Hunter，這些Hunter表面上是以賞金獵人的身分見於世人，實則卻是以緝捕吸血鬼為畢生圭臬。Hunter的聚集通常以「家族」為單位，如果真要說起來，他們是唯一一個能與吸血鬼家族抗衡的族群，只不過Hunter平時生活低調，甚至散布於各個家族中，除非內部有叛徒，否則

一般人很難得知他們的真實身分。

即使到了今日，已經有許多Hunter放棄他們原本的使命，選擇和一般人過著平靜的日子，但只要再次嗅到吸血鬼的氣息，還是會有Hunter毅然決然拿起武器與他們對戰。

這是家族源遠流傳的使命，也是一種義務。

只不過，並不是任何人都有能力成為Hunter，或者說，勝任這個稱呼。因為要成為Hunter從小就必須接受嚴苛的訓練，至於是多麼艱難刻苦的磨練，身為死神的雅若其實並不清楚，只是略有所聞而已。

如果從各方面來看，宛竹和啟暉確實擁有成為Hunter的資格，只是沒料到他們身為吸血鬼獵人後代的可能性竟然被她澈底忽略了，仔細回想他們兩人過於常人的行徑，不管怎麼看似乎都不能算是正常才對。

既然如此，她怎麼到現在才發現呢？

難道和他們相處久了以後，再怎麼詭異的事情她都能瞬間免疫了嗎？

一想到這裡，雅若終於深深體會到所謂「近朱者赤，近墨者黑」的道理了。

「妳看，他們來囉。」

羽芊指向另一端，走廊盡頭果然出現兩道急奔而來的身影，不必猜也知道來者鐵定是顏宛竹和洪啟暉。

只不過，不曉得他們的神眼是不是早已計算好距離，就在他們距離雅若還有一段路時，兩人竟然雙雙同時用力跪下、直接用膝蓋一路滑到她面前！

「小雅若，到目前為止我們已經分開四十三分又二十七秒了，妳知道我為了妳食不下咽、輾轉反側不得眠好幾天了嗎？」宛竹淚眼汪汪，神色哀戚地抱住雅若大腿，一整個散發出無比淒涼感，不知情的人看到還會真的以為煞有其事。

……妳自己都說分開四十三分又二十七秒了，那妳輾轉反側不得眠好幾天又是怎麼一回事？

「親愛的，妳知道嗎？妳的倩影早已深深攫住我的雙眼，當妳不在我眼前的那段時間，我難過到連呼吸都覺得是多餘的了。」啟暉單膝跪下，深情款款地牽起雅若的小手，一般人看到這一幕大概會高興得瘋狂尖叫、以為是哪間電視公司在自家學校拍起偶像劇來了。

……連呼吸都覺得是多餘請問這又是哪招？還有，我的座位是在你後面，上課時你還能看見我在你面前那就有鬼了啦！

忍住了白眼可能會翻到後腦勺的衝動，雅若不禁開始思考，這兩人的演技是不是已經資深到隨時去演黃金八點檔的狗血劇情都還只是小菜一碟了。

雅若望向站在一旁早已憋笑到內傷的羽芊，嚴重懷疑對方是不是早就知道會發生這一幕詭異的場景，要不是因為對羽芊有一定程度的了解，她大概會以為這些是對方一手策劃好的。

羽芊，妳再繼續憋笑下去啊，當心傷身哪。

好不容易接收到雅若怨恨電波的羽芊這才慢慢停止憋笑，但嘴角掛起的笑意仍絲毫不減，她看了一下手錶時間、眉毛不自覺挑了一下，因為宛竹和啟暉竟然能忍到這時候才來找人，這倒出於意料之外。

這是否也意味著，兩人的定性已有了大幅進步呢？

「對了羽芊，剛剛妳和雅若到底聊了些什麼啊？這麼神祕。」

宛竹突然望向她，雖然某人依舊抱著雅若的大腿不放，某人依舊單膝跪下牽著雅

若的小手，但從羽芊的角度依然能看出他們兩人眼底的好奇。

看來，是時候該確認了。

「身為吸血鬼獵人的後裔，果然很快就嗅到不斷追尋的氣味了。」羽芊笑了笑，似乎意有所指。「不過，不論是自願還是被迫，每個角色都有與其對立的敵人，我也不例外。」

「嘖，都已經高二了，沒想到當初開學時的自我介紹妳還記得這麼清楚，我還以為大家會當成玩笑話呢。」啟暉搔搔頭，滿是無奈。「這樣我們的底豈不是很快就被掀開了？」

「要掀早就掀了，哪還需要等到現在呢？」宛竹瞟了啟暉一眼，揶揄道：「你嘴巴說是這麼說，心裡想的卻又是另一回事，還真難得呀。」

「看來，我們的想法果然一樣。」

羽芊望著兩人的雙眼，「三天後的晚宴，想必你們一定會很感興趣才對。」

她突然斂起笑容，對他們做出一個彎腰九十度的完美鞠躬。「請你們務必協助我對抗他們。」

「有意思，我老早就在等妳這句話了。」宛竹偏著頭，看起來興味濃厚。「話說回來，妳對他們的了解有多少？」

「雖然不能說百分之百掌握了所有情報，但我相信只要有Hunter加入，絕對會是一大助力。」她特別看了雅若一眼。「當然，私人恩怨什麼的要順便解決也沒問題，我可以盡量提供我知道的訊息。」

「如果有需要打架的地方，找我和宛竹就對了。」啟暉摸摸下巴，開始盤算起來。「三天後啊，我可是迫不及待了呢。」

「就讓我們來顛覆這個世界吧。」

08

最終的舞會

如果說這一切都只是場夢，那羽芊知道自己鐵定就快要醒了。

看著落地鏡裡的自己，羽芊的嘴巴簡直張成了一個O字型，要不是因為自己意識清楚，她大概會以為現在的她正準備參加一場童話故事裡才會出現的舞會。

沒錯，一場由吸血鬼所舉辦的華麗晚宴。

三天後的日子很快就到了，當羽芊依照約定時間前往洛伊的住處時，門才一打開，便發現迎接她的是好幾名盤著淺褐色頭髮的女人，她們穿著統一的服飾，左胸口的位置繡著一朵百合，非常有紀律地在門口站成一排，從訓練有素的謹慎模樣及制服底下微微發達的肌肉線條來看，她們出現在這裡並非常態。

因為，羽芊從來沒有在洛伊的住處見過她以外的其他人物，這間偌大的屋子彷彿一直以來都只住著洛

伊一個人，這讓她感到相當困惑，卻也沒能問出口。

如果說這裡只住著洛伊，那為何每次她來時整棟房子都能乾淨得一塵不染？就好像隨時會有人來打掃屋裡的每個角落一樣，她連飄在空氣中的一絲粉塵都找不到。

話先說在前頭，她才不相信洛伊閒來無事時的興趣是做家務這種鬼話！

當然，這一切想歸想，羽芊還是決定將眼前的疑問用眼神先拋給斜靠在牆上的洛伊，畢竟同時被這麼多女人盯著看，她多少還是會感覺到陣陣寒慄。

那不是準備將人大卸八塊的懾人視線，反倒像是虎視眈眈的獵豹面對獵物時，正在心底盤算究竟該如何處置眼前美味餐點的眼神。

只不過，就在羽芊看見洛伊對她露出燦爛笑容的那一刻，她馬上對於自己沒有及時轉身奪門而出的行為感到萬分後悔，因為羽芊知道，就她與生俱來的直覺與經驗判斷，只要洛伊平白無故對她笑那就是她準備倒大楣的時候了。

果然不出羽芊所料，對方立馬揮手示意要女人們開始動作，羽芊還沒來的及反應就被那些力大無窮的女人團團架住，連掙扎的機會也沒有直接將她往某個房間拖去。

羽芊原本就不喜歡束縛，如今像這樣身體被人牢牢抓住動彈不得讓她感到無比憤

怒，正當她拚了命打算掙脫對方時，洛伊彷彿早已預料到她接下來的行為，突然隔著門板雲淡風輕的對她說了一句話，這讓原本不斷掙扎的羽芊像鉛塊般瞬間僵在原地，最後直接棄械投降乖乖任人擺布。

因為，洛伊表示他似乎忘了提醒她一件事，那就是——

那些女人，其實都是亞馬遜人的後裔，如果發生了什麼事，那他可能也救不了她了。

聽見這句話後，不管任何要求羽芊說什麼也會乖乖點頭含淚答應。現在她眼前就有一隻活生生的吸血鬼了，若有狼人出現在她面前，她大概也會相信那是真的。

從沐浴、保養到上妝等等流程，羽芊真心覺得這絕對是她人生中最黑暗的時刻，她就像一尊洋娃娃被人擺手弄腳，先不論隱私什麼的，她覺得這副軀體的控制權根本不在她身上，只能靜靜待在原地讓她們完成此時的任務。

當羽芊站在落地鏡前的那一刻，她終於明白所謂「化腐朽為神奇」是什麼樣的奇蹟了。

淺藍色的掛脖削肩長禮服在燈光的照射下顯得光采動人，用蕾絲手工繡出的立體

花紋看似典雅，卻也呈現出一股高雅的氣質，雖然半裸的後背讓羽芊感到很不習慣，甚至有股涼颼颼的感覺，但這身禮服實在美得不像話，就如同她現在的模樣是多麼令人感到不可思議。

原本蓬鬆的短髮在經過處理後，最後選擇用假髮在髮梢末端綁成一個簡單的髻，垂絡於臉頰兩側的微捲髮絲修飾了她的臉型，這讓羽芊發覺原來造型不同表現出來的氣質也會有很大的出入。

望著鏡中的自己，平日因為練習田徑而不怎麼注重外表的羽芊，發現此時自己的臉蛋似乎白皙了起來，擦了點唇蜜的唇顯得較為飽滿亮麗，眼裡散發出動人的光彩。

現在，羽芊腦中只有一個想法——

那就是，騙、很、大！

如果說化妝可以讓一個人改頭換面，那她並不反對這樣的說法，不過對她而言化妝的意義更傾向另一種層面。

易容術。

「嘖嘖，看來我的眼光還挺不賴的嘛。」

洛伊的聲音突然無聲無息地從背後出現，嚇得羽芊馬上從鏡前轉過身來，不過就在看見洛伊的裝扮後，羽芊的眼睛瞬間瞪得比銅鈴還要大，眼珠子差點從眼眶裡掉了出來。

洛伊平時都穿著休閒服搭配牛仔褲，這樣的造型羽芊倒看慣了，對她來說根本沒什麼大不了的，因為她已經對洛伊的外表產生了抗體，所以自己會不會出現什麼心動不心動的詭異想法根本不可能發生在她身上，但洛伊似乎是趁著她被折騰的那段時間去換了一套衣服，現在的打扮簡直可說是驚為天人，一整個帥到炸翻天啊……

不、不對！她想說的其實是、是……呃……渾身不自在？

對！沒錯！就是渾身不自在！洛伊平日吊兒郎當慣了，現在穿起正式服裝當然有很大的反差啊！

如果換做其他人，絕對也會這麼想！羽芊在心中對自己喊著，直接否決腦中閃過的該死念頭。

「丫頭，妳怎麼一直看著我發呆呢？要是再看下去，我還真怕妳的眼珠子會掉出來呢。」洛伊眼裡閃過一絲促狹，他揶揄的語氣頓時讓羽芊的雙頰染上一片緋紅。

「誰、誰一直看著你發呆啊……我只是因為光線太亮焦距一時之間調整不過來而已！」羽芊連忙別過頭，想辦法將慌亂的思緒轉移到鏡中自己的打扮。「不過說真的，我能不能換另一套衣服？這一件……感覺太暴露了。」

她轉個身，對於後背沒有任何布料遮擋感到十分難為情。

「不會啊，我覺得這件很適合妳。」

「那是你的想法，露出這麼多感覺很奇怪。」她嘟起嘴，對於洛伊的話似乎不是很贊同。

「那妳得慶幸我後來改挑選這件，原本我中意的服裝可不像現在這樣包得那麼密不透風。」

「那你為什麼突然改變主意了？」

「唉，這也是沒辦法的。」洛伊看了羽芊一眼，深深嘆了口氣。「畢竟，妳前面的尺寸可無法撐起整件禮服。」

「讓你感到顏面無光，我還真的是非、常、抱、歉、啊。」

現在，羽芊正咬牙切齒地瞪著洛伊，真心覺得之前沒找到適當時機掐死對方真是

她今生最大的錯處，如果說眼神可以殺死一個人，那在她面前的傢伙不知道已經死過幾千次了。

「對了，差點忘記還少一樣東西。」洛伊輕拍自己的腦袋後，突然牽起羽芊的手往沙發的方向走去，待對方坐定後自己則是單膝跪下、輕輕拾起羽芊的裸足，而這時羽芊才意識到原來自己還處於赤腳狀態。

沒等到她會意過來，只見洛伊不疾不徐從懷裡拿出兩隻閃著熠熠光輝的銀色玻璃鞋，將它們輕輕套在羽芊的腳丫子上，隨後露出一個滿意的微笑。

「這麼一來，就算齊全了。」

「又不是在演童話故事，沒事穿什麼玻璃鞋啊……」羽芊將腳迅速縮回，但看見玻璃鞋的剎那，她的目光確實緊追著那閃亮的物體不放。

在每個女孩的心目中，其實都渴望著一雙美麗的玻璃鞋，只不過那一直是個遙不可及的美夢，因為世界上最美麗的玻璃鞋根本不存在，即使有，女孩們也不再追尋當初的理想。

最初的美夢早已被現實的利刃割得千瘡百孔，她們選擇成為了女人，就必須付出

童年的代價，唯有將行動化為實際，才能讓她們看清楚眼前的一切。只不過，當女人們再度變回女孩時，她們還是會將兒時的夢境拿出來重溫，等時間到了以後再將回憶悄悄藏在心靈的抽屜，回到女人的身分繼續奮鬥。

每個女人，都是如此堅毅而美麗地活著。

為了自己，也為了當初那遙不可及的小小夢想。

「雖然灰姑娘遺落了玻璃鞋，但王子最終依然能將屬於她的幸福找回來。」洛伊優雅地彎腰起了個揖。「現在，兩隻玻璃鞋都好端端地在妳腳上，這也證明幸福正被妳緊緊掌握著不是嗎？我親愛的小公主。」

他咧開嘴笑著，「公主，馬車已經在外頭等候了。」

望著洛伊伸出的左手，懵懂的羽芊雖然有些猶豫，卻還是將手交給他，讓他引領自己往目的地前進。途中穿過長廊時，搖曳的燭火在黑暗中恣意跳躍，柔和的橙黃燭光則是映在她的臉上，一路上只能聽見腳下的玻璃鞋傳來清脆的喀喀聲於長廊迴盪。

到了門口時，羽芊簡直不敢相信自己眼睛所看到的事物：無人的街道上，一輛由兩匹黑馬所拉的鑲金檀木馬車就這樣佇立在門口，古色古香的氣息猶如電影裡才會

出現的場景，讓羽芊可說是又驚又喜，同時卻也擔心它若在馬路上奔馳會引來旁人側目。

畢竟，誰都不想要被當成神經病好嗎？

「放心吧，我已經設下結界，一般人是看不見的。」

彷彿讀出她心中的想法，洛伊含笑打開車門請羽芊先進去。

待關上車門後，洛伊彈了一下手指，黑馬達達的馬蹄聲開始在柏油路上踏行，透過窗子羽芊發現馬車雖然是往前奔馳，但車體隨著馬蹄聲的減弱逐漸升空，最後馬車竟然踩著空氣在天空中行進。

喧囂不停的黑夜，俯下盡是五顏六色的七彩霓虹燈，紛亂吵雜的聲響在離地面越來越遠後，耳邊只剩呼嘯而過的狂風，還有一戶又一戶的點點燈火在遠處熠熠生輝，正溫暖著每一個準備回家的旅人。

在越過無數棟建築物後，周圍的視野開始變得清晰與遼闊，一望無際的平原在月色的照射下泛著清冷的白光，如月牙般柔和的乳白色光輝似乎具有一股不可思議的神奇魔力，讓這美麗的禁地看起來是那麼地神聖、那麼地不可輕犯。

「這裡，真的好美啊……」

羽芊不禁喃喃自語，在她回過神前，馬車已經「嘎」的一聲停了下來。

放眼望去，一棟豪華氣派的豪宅就這樣矗立在鐵欄杆後，明亮的燈火顯現此刻內部的繁華與喧鬧，一扇鍛造而成的大門在他們到達後緩緩開起，兩名侍從迎面走來在一旁等候，等洛伊將邀請函交給其中一名侍從後，兩人隨即做出了「請」的動作，洛伊便牽著羽芊的手往豪宅的方向走去。

而在他們離去的同時，身後的鐵門再度咿呀咿呀地闔上，一切似乎都為了做好萬全的準備。

為了今天的晚宴，也包括最後的戰役。

◆

「這裡收訊如何？你們聽得見嗎？」

羽芊站在露天陽臺上，抬頭仰望滿天星斗，仍不忘用手摸著別在耳垂上的水晶

耳針。

「通訊一切順暢，沒問題的。」

在天空某處的直升機裡，宛竹戴著耳機興奮回答著。

「姓顏的，妳要是再用這麼大的聲音講話，被人發現就玩完了。」同樣戴著耳機坐在隔壁的啟暉白了她一眼，接著將麥克風湊近唇邊。「羽芊，待會兒妳就先關掉聲音模式，這麼一來我們這邊的聲音就不會傳到妳那裡去了。」

他用斜眼瞥了隔壁一眼，「這樣也可以避免某人的聲音干擾到妳。」

「姓洪的，你說這是什麼鬼話？即使我聲音有一百分貝，也照樣不必擔心會被人發現好嗎？」

宛竹驕傲的抬起下巴，「我們家子公司最新研發的新型竊聽器堪稱『狗仔之王』，不管是要監聽、抓姦還是抓小三保證都能呈現最清晰、最完美的音質，當中還附加GPS定位功能，連某些知名徵信社都大量向我們採購了，怎麼可能出問題！」

「把它設計成耳針就是最大的問題！要是中途被人調包還是不小心掉了，到時聽不見聲音妳是不是就要直接去攻堅了？」

「洪啟暉啊洪啟暉，難怪你叫做洪啟暉，你根本就是需要『乞』求上天不要讓你的目瞷『灰』灰！我看起來有這麼衝動嗎？」

「顏宛竹請問這又干我名字什麼事！妳到時候就不要讓我看見妳提槍上陣！」

「好啊誰怕誰！我就用明天的點心跟你賭我不會！」

眼看兩人開始爭吵起來，雅若心裡不自覺感到一陣悲哀，她都已經坐在他們兩人中間想辦法將彼此隔開了，怎麼還有辦法吵成這樣呢？而且還是在這種關鍵時期……

她無奈地看了一眼坐在駕駛座的老洛，嘆了口氣後默默將麥克風遞向自己。「羽芊，把聲音模式切掉吧。」

「我知道了，那你們保重。」

羽芊的嘴角微微上揚，她輕輕按下耳針藏於水晶鑽裡的開關後，繼續一個人站在陽臺上吹風，她雙臂交疊攀放在白玉雕欄上，此時的寧靜與大廳的人群雜遝比起來簡直可說是天壤之別。

耳針是宛竹親手交給她的，要她在晚宴時別上以防萬一。

其實，羽芊一直對於使用耳針的時機感到十分躊躇，因為她知道這樣的東西自己

根本不可能會有攜帶的一天，如果讓洛伊發現她所別的耳針其實是自己準備的，即使辯解說一切都是為了今晚的宴會，這樣的謊話用想也知道根本是自尋死路，對方不起疑心的機率實在太低了。

所以，她一直將耳針含在口中，縱使在洛伊住處被那群女人強迫梳洗時，她依然將物品覆蓋於舌面下，直到洛伊帶她進入專屬的休息室、看見梳妝臺上琳琅滿目的耳環及項鍊等飾品在眼前閃閃發亮時，她這才敢將耳針偷偷拿出來。

洛伊表示梳妝臺上的東西通通是諾斯理家族的心意，如果有任何中意的首飾，可以儘管拿起來戴沒關係，而這麼做同時也可以向他們家族的人證明兩家長久以來的友好情誼。

因此，羽芊便趁洛伊到外頭處理事情時將耳針戴上，為了避免房間被安裝了竊聽器，她選擇走到戶外的陽臺上和雅若一行人進行聯絡，如果有人藉故起疑，她也能說明自己只是一時心煩才跑到外頭吹風。

羽芊知道，今晚對她來說是場極為重要的戰役，卡穆家族及諾斯理家族的人都受邀參加這場晚宴，即便有人不克前往，今晚的宴會依然聚集了大多數的重要人士。

在這個最為鬆懈、卻也是最危險的時刻。

「丫頭，怎麼突然跑到這裡來了？難道不怕晚上有巫婆飛來把妳抓走嗎？」

洛伊推開透明玻璃門，臉上的笑意與調侃的語氣讓她想一拳揮過去，不過她倒是忍住了。

「我不喜歡香水味。」羽芊淡淡地回答。

這是事實。甫踏入房間便可以聞到一股淡淡的清香，然而待的時間一久，就會發現香味越來越濃郁、越來越刺鼻，不管怎麼說，再怎麼芬芳的氣息只要過量就形同惡臭，讓人不禁產生暈眩與厭惡。

她討厭香水，更痛恨會讓她產生好感的味道。

「妳若不喜歡，我立刻請他們換一間給妳。」

「等等！真的不必麻煩了……」

就在剛剛，洛伊一聽見她那麼說後突然沉下臉、轉身就要離開，而這樣的情形讓羽芊嚇得趕緊拉住對方的手臂示意要他別走，認為自己不小心惹對方生氣了。

太大意了。

她的身子不自覺顫抖起來，對於自己一時不察的言論感到相當後悔。現在，她正位於吸血鬼的大本營，任何不利於Hunter的行動都應該避免才對，要是事發前被人發現自己是叛徒，那後果鐵定不是她能承擔的。

為了讓計畫順利發展，為了她周遭的朋友們。

她應該忍耐、必須忍耐才對……

在這一切結束以前。

驀地，一隻手突然覆蓋在她的頭頂，輕輕摸起她的頭來，當中似乎夾雜著疼惜與溺愛，讓羽芊一時之間無法反應過來。

奇怪，他不是在生氣嗎？

為什麼，突然覺得胸口有一股暖洋洋的感覺？

她在心中自問著，卻依舊沒有答案。

「真的不用嗎？別太勉強自己。」

洛伊嘆了口氣，臉部的線條似乎和緩了許多。「抱歉，我只是因為妳受到委屈心裡感到一時不快而已，畢竟在這裡我們好歹也是客人……如果讓妳受到驚嚇，我願意

道歉。」

他望著羽芊，輕撫著她的背，對於方才自己因羽芊害怕所觸及的顫抖他永遠不會忘記。

那是發自內心的恐懼，也是將他抵擋在心房外的一座高牆，好不容易才有機會贏回她對自己的信任，他說什麼也不願再見到對方對他露出那樣的神情。

即使只有一瞬間，那也足以讓他的心瓦解、崩毀。

「對不起。」

雖是短短簡單的一句話，卻包含了無限愁思與悔意，也是羽芊始料未及的答案。

也許，他們之間真的有什麼正悄悄改變，但不該是現在抑或未來，如果是在遙遠的過去，他們或許還有一絲發展的可能性。

只不過，這一切都太遲了。

時間，再也回不去了。

「我還以為你的心是鐵打的，沒想到你竟然會道歉，難不成是出去時被外星人綁架做活體改造實驗了？」

羽芊恢復成往常的模樣，非常不屑地用力搥了對方的肩膀一下。「如果你真的是外星人，拜託你趕快把那個狗嘴吐不出象牙的傢伙送回來，我怕他在外太空會搞壞我們地球的名聲。」

「是是是，我的小公主，在這裡一切都聽主子的話。」

洛伊趁機將羽芊的頭髮揉亂，結果惹得對方開始氣得跳來跳去，整張臉糾結到不把他幹掉絕對不善罷甘休。

「臭洛伊！你如果找死我現在就讓你死個澈底！」

「得了吧，要是我真死了，我還捨不得妳為我流淚呢。」

「很好！那請你直接去死吧！」

看著羽芊氣到紅通通的雙頰，那抹漂亮的緋紅色就像白裡透紅的熟果子，讓人忍不住想一口咬下，然而卻又捨不得甜美的滋味在眼前稍縱即逝，因此只能站在遠遠的地方看著，才不會減損她誘人的芬芳。

或許打從一開始，會對他張牙舞爪的羽芊才是真正擁有活潑朝氣的她，一旦失去了活力，不只是羽芊，連帶著他的心也會受到影響，久久無法平復。

羽芊身上那有如陽光般的耀眼光芒，從很久以前就不斷吸引著他。

而這也是他願意追隨對方的原因。

「對了，進入大廳前先將這個戴上。」

洛伊從懷裡拿出一個東西交給羽芊，而他自己手上也有一個類似的物品。

那是一副有著華麗花紋的半臉面具，側邊鑲上一朵百合和羽毛做裝飾，整體呈現出莊嚴與神祕之美。

「今晚這場是化裝舞會，妳得戴上它才行。」洛伊再次強調。

「不公平，這些你事前沒告訴我。」

「主辦單位一向很隨興，我也是剛剛才接到消息。」他將面具戴上，「相信我，妳不會想和大家與眾不同的，對吧。」

聽見洛伊的一席話後，羽芊也不好意思表示什麼，只能乖乖戴起面具，默默尾隨洛伊的身影離開房間。一路上，長廊猶如無止盡的隧道，即使燈火通明、紛雜的喧鬧不斷傳入耳裡，羽芊的手心還是沁出了一絲冷汗，對於即將步入大廳讓她感到萬分緊張。

「丫頭，妳要記得，不管是誰的要求妳都不能拿下面具，這是基本常識。」

「這我知道啦，你不要在那邊窮緊張行不行？」

嘴巴說是這麼說，但羽芊還是很感謝洛伊的提醒，至少此刻她的心情有比較獲得舒展。

不過，好奇的她還是很小聲地問了一句：「為什麼不能拿下面具？」

「原因很簡單，這是為了避免讓人認出自己的臉。」

明亮的光線刺進眼裡，映入眼簾的是繁華的盛宴與熙攘的人群。「即使做好萬無一失的準備，還是難防有心人士混入宅邸，要是長相被那群人記住了，未來難免容易滋生事端，因此能避免的事還是盡量避免比較好。」

是為了防止被鎖定嗎？

羽芊環視會場的人群，每個人看起來都是那麼地雍容華貴，縱使他們帶著各式各樣的面具，卻依然掩飾不了面具底下美好的面容。在這裡，大家看起來就跟童話故事裡才會出現的人物一樣耀眼美麗，如果真要說誰才是最格格不入的，那應該也只有她才對。

這裡面，真的會出現和她懷有相同目的的人嗎？

羽芊搖頭，想辦法將此刻的想法拋到腦後，當她打算問洛伊接下來該做什麼時，好幾道迷人尖銳的驚呼聲在她耳邊響起。

「唉呀，這不是洛伊嘛，怎麼一個人待在這裡？看起來好孤單呀，要不要姐姐來陪陪你啊？」

一名將頭髮挑染成亮紫色的長髮女子率先上前勾搭住洛伊的手臂，還不忘將身體往前蹭，胸前那對爆乳毫不掩飾直接貼近他的胸膛，她那塗了紅色蔻丹的手指挑逗似地在洛伊胸前畫圈圈，完全忽略羽芊的存在。「最近姐姐有些寂寞，你快來安慰我一下吧。」

「姐姐妳幹嘛啦！人家他是我的獵物耶！不是說好了不准跟我搶嗎？」

一名少女氣呼呼地從人群中竄出，硬是把女子從洛伊身上「拔」下來，頭上那對貓耳也因為她情緒激昂而豎了起來，即使看起來扮演的是一名溫馴的小貓女，但胸前波濤洶湧的程度也不遜於她姐姐的低胸。

「妳都已經結婚好幾年了耶！不要搶我們這些純情少女的白馬王子！」她雙手交

叉攏胸，後面好幾名與她年紀相仿的少女紛紛一致點頭，看起來應該是朋友兼粉絲團才對。

「卡崔娜，別這麼凶好不好，不是說好今晚要當個乖巧的小貓女嗎？妳又不是不知道妳姐夫到其他地區出差，他不在的這些日子我當然得自己找樂子嘛。」

「我不管我不管啦！姐姐妳不要一直纏著洛伊！」

眼看少女幾乎要衝上去阻止她姐姐不斷伸出的魔爪，一旁的洛伊突然熟練地將手搭在兩人的腰上，不偏不倚，是最容易惹人遐想的敏感位置。

「沒想到今晚能在這裡遇見派絲姐妹花，那還真是我的榮幸啊。」他將頭轉向少女，輕輕在她耳邊呵氣。「卡崔娜，妳姐姐只是在跟妳開個小玩笑而已，別太當真好嗎？寶貝。」

看見這一幕的瞬間，羽芊覺得自己的嘴角似乎抽搐了一下，如果現在前面有一面鏡子，她想自己的臉色絕對不會好看到哪去。

絕對，不能原諒。

此時羽芊簡直可說是火冒三丈，胸腔有一把怒火正熊熊燃燒，要不是有這麼多人

在現場，她絕對會立馬將眼前的男人大、卸、八、塊！

說什麼戴面具是為了避免讓有心人士記住長相，我看你根本就是為了預防被一堆老相好認出來吧！

羽芊鐵青著臉，直接邁開步伐往會場最為擁擠的人潮走去，她發誓，要是她再繼續相信洛伊說出來的話那她絕對是這世紀最傻的蠢蛋！

會場中央擺了兩張長桌，上頭擺滿了各式各樣的精緻餐點，雖說四處都可聽見人們的談笑聲，但色香味俱全的美食還是挺令人食指大動，即使每道佳餚都無法各嚐到一口，但能像現在這樣看上幾眼就不虛此行了。

同一時間，羽芊非常不注重形象的開始大啖起巧克力慕斯，不用看也知道她手上的精緻小點心光是一小塊就要價不斐，但價錢什麼的此時此刻羽芊根本不在乎，塞完蛋糕後緊接著便是草莓馬卡龍，只要是擺在桌上的餐點，羽芊都非常不客氣地取一份來食用，就連數量稀少的手工小餅乾她也不放過。

現在，她正以驚人的速度灌下好幾杯堪稱百分之百不添加任何一滴水的檸檬原汁，這一幕讓旁人不自覺發出嘖嘖的讚嘆聲，在場少許年輕男性更是詢問起隔壁的夥

伴，打算打聽這麼有魄力的女孩究竟是誰家的女兒。

當然，被詢問者也只能搖頭表示不知道，導致不少人臉上難掩失望之色。

也許是因為自己的胃已經被填滿得差不多了，也或許是因為會場的人越來越多導致空氣有些稀薄，微微出汗的羽芊環顧了一下周圍的環境，最後決定到外頭透透氣，順便消除心頭上的煩悶。

如果說室內的溫度是悶燒已久的大火爐，那室外簡直可說是清涼舒爽、人間天地，經晚風這麼一吹以後，羽芊感覺到一陣神清氣爽，腦袋也比方才清楚多了。

對於自己剛才拼命搜刮食物的行為，羽芊真心覺得自己根本就是被洛伊氣到精神耗弱、能源消耗殆盡，否則她也不可能有辦法一口氣塞那麼多食物進嘴巴。

俗話說得好：是可忍，孰不可忍。她就要看看洛伊待會要怎麼跟她解釋，竟敢把她一個人晾在一旁逕自和其他美女卿卿我我，她說什麼也不會輕易原諒對方！

這個想法甫上心頭，羽芊這才驚覺自己真的病了，而且還病得不輕，是從什麼時候開始她變得這麼愛……多管閒事？那些明明就只是洛伊的私事，她不能也不該去干涉他，自己憑什麼要對方向自己解釋呢？

這樣的念頭，真的是太奇怪了。

她很不喜歡現在的自己。

不喜歡變得很奇怪的她。

「恕在下冒昧，敢問小姐為何一人在此呢？」

一個溫和有禮的聲音從背後響起，羽芊轉身，映入眼簾的是一名有著青色髮絲的青年，他雖然戴著一副銀色的半臉面具，但不難看出面帶笑意的他其實是一名容貌俊俏的男子，他有著和洛伊似曾相似的冰藍色眼眸，兩人最大的不同在於眼前的男子給人一股暖陽般的柔和氣息。

「若不小心打擾到小姐休息，請恕在下的魯莽無知，失禮了。」

語畢，他恭敬地欠了欠身子轉身離開。

「啊你等一下！我只是覺得一時心煩才跑出來吹吹風而已，沒有要趕你的意思……」

羽芊驚慌地趕緊出聲叫住來者，深怕自己的言行一個不小心又讓人誤解了，畢竟，對於這麼一個溫文爾雅的人她確實沒有理由擺臭臉給人家看，這是很不公平的。

「既然如此，那在下有個不情之請，不知小姐能否答應：請問小姐願意讓在下陪妳在這歇息一會兒嗎？」他問著，卻很有禮貌地和羽芊保持一段距離。「裡頭燠熱的空氣實在讓人無法適應。」

「無妨，反正裡面的人似乎都很喜歡那種氣氛，有個人陪我在這吹風也挺不錯的。」羽芊笑著，特地側身空出旁邊的位置，邀請對方一起來欣賞夜景。

「小姐為何感到心煩呢？方便的話不妨說出來聽聽，說不定還能替小姐分憂解勞。」

他接受羽芊釋出的善意，來到她空出來的位置。「若不便說明，那也沒關係。」

「其實也不是什麼大不了的事啦……」她不好意思地抓抓頭，「我只是對於自己被人丟下感到很不愉快而已。」

「小姐指的是？」

「就是洛伊那個混蛋啦！他那張皮只不過長得好看一點，沒想到竟然有一大堆女人倒貼，把我帶來參加晚宴說是有重要的事，但到目前為止我看見的卻是他和那群女人在調情！根本就是在浪費我的時間！」

羽芊說到痛處時一整個咬牙切齒起來，她恨恨握起拳頭的模樣讓對方盡收眼底，忍不住露出會心一笑。

「喂，你這人怎麼這樣，我好心告訴你原因還笑成這樣……」

「不不不，小姐誤會了，在下只是一時忍不住而已。」他望著羽芊的眼睛，清澈的眸子倒映出對方的身影。「那看見這樣的情形後，小姐的感覺如何？」

「就、就很生氣啊……把我一個人丟下算什麼，我照樣也可以活得很好。」她眼神驟然一黯，聲音小得連自己都快要聽不見。「其實……不知道為什麼還有一點點酸酸的感覺……我都快要不認識這樣的自己了……」

「那只是因為小姐不願意承認某些事情而已。」

他笑了笑，抬頭仰望天空，發現滿天星斗，星輝燦爛。

看來，今晚確實是個好天氣呢。

「我們的壽命就跟星星一樣長久，總是嘗試在別人看不見的時候努力發光，但不管怎麼說，每顆星都還是孤獨的，要找到一個能夠相依相存、卻也能許諾同時殞落的對象機會並不高，因為世間萬物都有屬於自己的時辰。」

他看著羽芊，那眼神溫柔得就像是自己的父親，也像是大哥哥那般慈愛。「若小姐不能確定自己要的是什麼，那就順著自己的感覺走吧。至少，妳的感受會比自己的想法還要來得誠實。」

順著自己的感覺走嗎？羽芊在心中自問著，答案彷彿快要呼之欲出。

雖然兩人才第一次見面，但羽芊對他卻不會產生初次會面該有的羞澀，反倒像是多年未見的故交，那股生疏的距離感不復存在，取而代之的卻是異樣的熟識與安心。

或許，就是因為那樣的熟悉感才有辦法讓她在陌生人面前說了這麼多話，她的直覺告訴自己，眼前的男子是個值得信賴的對象，也是可以傾訴一切的好夥伴，只要她願意，對方隨時都願意當她的傾聽者。

那是一種很特別的親切感。

「說了這麼多，似乎還沒向小姐介紹自己，真是失敬啊。」

他優雅地彎腰起了個揖，「在下舒伯特，敢問小姐芳名？」

「我姓吳，叫我羽芊就可以了。」她笑得十分燦爛，和在風中恣意綻放的夜來香芬芳一樣迷人。

「羽芊啊——」

他輕輕複誦著，嘴角不自覺漾起一絲笑意。

「真是個好名字。」

突然，大廳裡傳來一陣柔和的樂音，原本擺放在正中央的長桌通通被撤下，擁擠的人群彷彿事前說好般在中央空出一個圈，等到一男一女率先上前舞出華麗的華爾滋後，其他人紛紛跟進，在大廳找到自己的舞伴後開始跟著翩翩起舞，形成一幅又一幅動人的畫面。

「看來舞會開始了呢。」

舒伯特笑著，對羽芊做出邀舞動作。「不知今晚在下是否有榮幸與美麗的小姐共舞一曲？」

「啊……跳、跳舞？」

羽芊呆愣在原地，雙頰瞬間染上一抹漂亮的緋紅色，這不是羞赧所造成的現象，而是感到有些難為情。

因為，她根本就不會跳舞，但又不知道該怎麼拒絕舒伯特，畢竟人家好歹陪她在

這裡解悶，要是一口回絕那也未免太不近人情了吧。

就在羽芊猶豫是否該答應時，剎那間有隻手迅速摟住她的腰，將她直往大廳的方向拉去。

「抱歉，她已經有舞伴了。」

「……喂洛伊你這傢伙在幹嘛？還不快放開我！你很沒禮貌耶！」

羽芊拼命掙扎，但此時洛伊的手就像是鋼鐵般死死固定在她的腰上，根本沒有掙脫的餘地。等羽芊好不容易勉強將頭轉向後方的舒伯特想向他說聲抱歉時，她發現對方非但沒有生氣，反而一臉笑意、還用唇形對她說了一句話。

「順著自己的感覺走。」

見到這幕後，原本不斷掙扎的羽芊愣了一下，隨後她將目光轉向不發一語的洛伊，想知道對方目前正在想些什麼。

「喂，你把我帶到這裡想幹嘛？」

現在，他們正被一群跳舞跳到忘情的男女所包圍，不管怎麼看，洛伊絕對不可能告訴她這是欣賞別人舞姿的絕佳地點。

當然，如果她聽見對方接下來的回應，那她還寧可乖乖站在這裡觀賞別人跳舞。

「都來到這裡了，不跳支舞誠屬可惜。」他邪笑著，直接抓住羽芊的手準備數拍子，但羽芊的臉卻瞬間鐵青起來。

「你在跟我開玩笑嗎？我根本不會跳舞啊啊啊啊──」

「哦，那剛剛某人怎麼好像準備答應別人的邀約呢？」

「這跟那是兩回事！人家舒伯特才不像你這麼壞心眼！」

「原來他叫舒伯特啊，看來改天得找個時間拜訪他一下，感謝他這段時間對我們家丫頭的『照顧』。」他將「照顧」二字特別強調一番。

不會吧，難道洛伊真要找舒伯特算帳？

還是說，他只是單純吃醋而已？

現在，羽芊只想知道這個答案。

「……你生氣啦？」羽芊低著頭，小聲說著。

「我沒有生氣。」

洛伊望著羽芊，良久，不禁嘆了口氣。「我只是不想聽見妳喊其他男人的名

字。」

「這算什麼，你還不是當眾摟了其他女人的腰。」不知道為什麼，羽芊說完這句話後頓時羞得想找洞鑽進去。

真是的，她到底在搞什麼？要是又被洛伊調侃的話那該怎麼辦？這種乾脆一頭撞死的話她怎麼沒經過大腦就說出口了啊啊啊啊啊——

「以後不會了。」他的回答讓羽芊愣了一下。「這場宴會的邀請函只有發給卡穆家族和諾斯理家族，我沒料到派絲姐妹花會用其他管道拿到請柬……抱歉，下次不會再讓妳這麼沒安全感了。」

「我……」

「來，妳只要順著我的步伐移動就可以了。」

洛伊溫柔地摟住羽芊的腰，輕輕在她耳邊數拍子，一二三、一二三、一二三……在洛伊的帶領下，羽芊覺得身體彷彿具有魔力般，開始跟著對方的節奏輕巧舞動了起來，這讓羽芊感到神奇，同時也有一股安心感順著洛伊的舞步一點一滴增加。

乍看之下，她就和會場裡的其他人一樣，成了在音符上躍動的精靈，舞出了極為

優美的圓弧與默契。

雖然她偶爾會不小心踩到洛伊的腳，不過這點對方倒是不怎麼在意，既然如此，那她也沒什麼好擔心的了，對吧？

過沒多久，舞動的人群逐漸在中央讓出一條走道，一名由人恭敬牽著的女子緩緩步入大廳，她穿著一襲紅色吊帶側開叉造型的長禮服，一頭燦金色的微捲長髮在燈光的照射下閃閃動人，即使面帶深藍色的半臉面具，底下那雙紫色眼眸依然有股說不出的魅力。

她手一揮，音樂便戛然而止，不但旋轉的眾人紛紛停下，現場也呈現一片寂靜，似乎有什麼重大事情即將宣布。

「歡迎各位撥冗蒞臨今晚的宴會，我米珈娜以諾斯理家族掌管者的身分向大家致謝，也感謝卡穆家族給足了我面子，千里迢迢到此參與我們一年一度僅有的盛會，這也證明了我們兩家長久以來的美好友誼。」

她頓了一下，目光隨即在人群中搜索，最終將焦點放在洛伊身上。「現在，就讓我們歡迎卡穆家族的代理人。」

在一片如雷的掌聲中，洛伊牽著羽芊的手緩緩往米珈娜的方向走去，這讓羽芊感到一絲惶恐，雖然她知道洛伊此行的目的就是帶她來見米珈娜，但她從來沒想過是在這樣的場合下碰面。

不知道是不是她的錯覺，她總覺得方才米珈娜灼熱的目光似乎掃了她一遍，紫色的眸裡參雜三分笑意——

還有，七分深沉。

「我是卡穆家族的代理人——洛伊，首先要感謝這次諾斯理家族的邀請，這對我們卡穆家族來說可是至高無上的榮耀，想必大家一定很好奇我身邊的小姑娘是誰吧，今天，我要在這裡向大家宣布一件重要的事。」

他望著羽芊，握緊的力道似乎更用力些。「從今天起，我要將卡穆家族的掌管權正式交回家族的繼承人手上，而這位繼承人就是前任掌管者亞理莎遺留的血脈——吳羽芊！」

現場一片譁然，不只大家紛紛開始交頭接耳，就連羽芊也是一頭霧水地看著洛伊，完全不清楚他葫蘆裡究竟是在賣什麼藥。

首先，關於洛伊是卡穆家族代理人這點她是有隱約猜到幾分，畢竟對方出現的動作不管怎麼看都不太可能是普通的無名小卒，在家族裡握有一定權力這是無庸置疑的。

但是，問題就出現了，為什麼洛伊要將家族的掌管權交給自己？再來更詭異的一點是亞理莎又是誰？她壓根兒不記得她有認識一個叫做亞理莎的人啊！

羽芊仔細搜索記憶中的過往，確認腦海中並沒有關於此人的印象後便開始頭痛起來，因為這一切的發展實在是太戲劇化、太令人摸不著頭緒了。

打從羽芊有記憶開始，她便是和她那無良老爹一起相依為命，根據老爹的說法她母親是病死的，而他們從小一起生活的相片都在一場無情大火中和母親娘家那邊的人一起同歸於盡，所以她才會對自己的母親一點印象也沒有。

後來她老爹為了到北部拚事業便將她一個人留在高雄，平常除了會按時匯錢給她外，基本上她一個禮拜能和老爹通一次電話就已經算很了不起了，對此她並沒有多大的埋怨，因為她能像現在這樣衣食無虞全都是老爹的功勞，因此母親什麼的她也自然而然沒有產生太大的好奇心，頂多會偶爾想起有這麼一個懷胎十個月努力生下她的人而已。

究竟，亞理莎會是她的什麼人？她和母親的娘家會不會有什麼特殊關聯？

這一些，她只能期待洛伊能給她答案。

如果有機會問清楚的話。

「羽芊小姐，歡迎妳回歸我們血族的懷抱，相信妳此時此刻一定感到相當光榮才對。」

米珈娜上前伸出手憐愛的摸著羽芊的臉蛋，似乎有些陶醉。

「唉呀，真是懷念啊！看見妳的模樣，就讓我不自覺想起很久以前我認識的一名老朋友，我一直以為她會像當初所承諾的一樣，永遠待在我身邊，就如同我們兩家所建立的情誼。」

她修長的指甲輕輕壓著羽芊的左臉，隨後微微滲出一條血痕。「但是呢，她卻走了、離開屬於我們的世界，就只是為了和螻蟻沒兩樣的人類一生廝守，甘願成為家族的叛徒！噢，孩子，妳一定不知道吧，家族裡一直有條規定，那就是禁止和人類通婚，要是玷汙了我們高貴的血統，那可真是大逆不道啊！」

她摸著羽芊的臉，手最後滑到了對方的耳邊。「抱歉親愛的，我今晚似乎有點多

話，相信妳一定覺得我很嘮叨，對吧？畢竟，叛徒的存在真是太讓我痛恨了，讓我想忘也忘不掉呢，不過有一點我好像不得不提出來——」

突然，她用力拔下羽芊別上的耳針，只是稍微施加力道便在眾人面前化為粉塵。

「叛徒的外孫女，依舊是叛徒。」她輕笑著，眼裡卻有股殺氣騰騰的怒意。「這一點，是永遠不會變的。」

「家族的人聽令：誓死保護我們家族的掌管者！」

彈指間，洛伊迅速抱起羽芊往後方縱身一躍，將與米珈娜之間的距離澈底拉開，而現場隸屬卡穆家族的賓客紛紛收起謙和有禮的一面，轉變成暗紅色的眼眸透出隱藏許久的殺意，他們直接從胸口、口袋等地方拿出武器，率先於眾人尚未會意過來之際進行一場等待已久的殺戮。

過沒多久會場馬上一片混亂，原本看似歡樂繽紛的場所頓時成了你死我活的無情地獄，金屬的撞擊聲及毫無間斷的槍響不斷刺激羽芊的耳膜，不論是吆喝還是求饒，這座宅邸無庸置疑已經成了人間煉獄。

現在，洛伊正拉著羽芊在長廊上奔馳，除了得想辦法從這裡逃出外，還得適時躲

避埋伏的追兵。

「洛伊，我……」

「噓，先別出聲，有什麼事等我們安全離開後再說。」洛伊將她護在身後，等確定轉角處沒人才拉著羽芊繼續跑。

看見這般情景，羽芊的眼眶不自覺開始溼潤起來。其實打從一開始洛伊早就知道自己的目的了，但他什麼都沒說，就只是這樣靜靜任憑自己無理取鬧，即使到了現在這種局勢，他依然仍想盡辦法護著她。

如果不是因為她的背叛，現在他們也不會面臨兩個家族互相殘殺的命運。

追根究柢，到底是自己太過自信不會被人發現，還是洛伊能海量容人？

她不明白，也不想去細究了。

現在，她只能淚眼朦朧看著對方的背影，眼前的一切不再如先前那般清晰。

「對不起……」

她怯怯地說著，聲音些微顫抖。

「傻瓜，哭什麼呢。」

他停下腳步，伸手抹去羽芊眼角的淚，微笑。「不管妳做了什麼決定，我都會尊重妳、支持妳。」

「可是我一直把你當敵人看待，也沒有給過你好臉色看，這讓我覺得自己真的很小心眼……」

「如果覺得虧欠的話，那妳以後補償我就可以了。」洛伊輕輕摸著她的頭，突然露出邪惡的笑容。「反正在未來，我們還有好長一段時間可以慢慢相處，到時候若要以身相許這點我並不反對。」

「……以身相許你個大頭啦！你這個『軟土深掘』的超級大變態！」

羽芊迅速收起她原本的姿態，怒不可遏地一拳揮向對方，不過卻被洛伊巧妙閃過，臉上笑嘻嘻的模樣頓時讓羽芊感到悲憤交加，萬分感慨。

對，她就是笨，所以才會動不動就被洛伊耍得團團轉，但是——

她就不能志氣一點嗎？被調戲時還會感到心跳加速這又是怎樣啦！

就在羽芊打算為自己討回公道時，剎那間，一聲轟隆巨響直接從遠處炸開來，強大的撞擊讓整個空間開始天搖地動，地板傳來的劇烈起伏讓兩人一度快站不住腳，就

在羽芊還沒適應搖晃的路面及視線時，崩毀的天花板就這樣從她的上方落下。

沒有任何預警，沒有任何防範的機會。

就如同此時遠方此起彼落的哀號與淒厲呼喊，每個人都因這突如其來的狀況感到措手不及。

而屬於他們的煉獄，其實這才正式開始。

◆

「顏宛竹，我敢發誓，妳要是再繼續吃下去，小心變成普渡拜拜時供桌上咬著一顆橘子的神豬！」

啟暉鄙夷的目光今天不知道已經投射在對方身上多少次了，如果眼睛可以發射出無敵的雷射光，那現在的宛竹鐵定早就被射成洞洞人了。

「我說洪啟暉啊，你會不會想太多？如果只吃一包餅乾就能變成豬，那這世界起碼會被一半以上的豬隻佔領。」

她口齒不清地說著，還不忘伸手往袋子裡抓出一大把洋芋片塞進嘴巴，滿臉不在乎。「順便一提，緊張時吃點甜的東西有助於舒緩心情。」

「我聽妳在芭樂！妳吃的明明就是鹹的！」

「這只是在打比方，你認真成這樣幹嘛？先說好，我餅乾只分給雅若，別肖想我會留屑屑給你！」

「同學，說真的妳不用把我扯進來沒關係……」

雅若默默坐在兩人中間，繼續聽著兩人對槓起來的無聊話題，縱使正處於關鍵時期，但被他們搞了這麼一齣莫名其妙的鬧劇後，雅若緊張的心情倒是舒緩了不少。

現在，他們三人面前擺了一臺可以偵測到聲音訊號的機器，只要羽芊的耳針一直配戴著，基本上它的頻譜就會有所變動，無論是再細微的呼吸聲，它都有辦法偵測的到。

目前，雅若正等著羽芊和他們聯繫，只要確認周遭一切沒問題後，那他們就可以行動了。

當然，前提是羽芊能在不被人發現的情況下儘速聯絡他們，否則依照機上某兩人

按捺不住的個性，硬碰硬絕對會是他們最該優先避免的狀況。

如果他們真的有辦法避免的話。

「顏宛竹，妳到底要我說幾遍才懂？遛鳥俠就是要遛鳥才會被叫做變態，妳不遛鳥怎麼可能會得到遛鳥俠的稱呼？」

「我聽你在黑白說！太陽餅裡明明就沒有包太陽，它還不是照樣被人叫做太陽餅，我看你的這項推論根本就是無、解！」

「妳胡說！」

「我沒有！」

「妳有！」

「沒有！」

……請問一下，你們兩個是在什麼時候開啟這種詭異的話題？連遛鳥俠這種詞彙都能出現你們到底又在聊什麼阿里不答的東西啦！

夾坐在兩人中間的雅若默默後退、後退、再後退，想辦法將自己的存在感降到最低，藉此來忽視兩人的無厘頭對話。

雖然說雅若早已習慣宛竹和啟暉異於常人的舉動與對話，但這不代表她能隨時做好被牽扯進來的心理準備，所以……這種時候能閃多遠就閃多遠吧，反正她已經在兩人不斷吵架的日子中不知不覺訓練出「逃生」技能，必要時只要選擇啟動模式便可。

就在雅若轉頭的那一剎那，她不經意瞥了眼前的儀器一眼，照理說這應該沒什麼大不了的才對，但上頭原本該有所動靜的頻譜卻突然在她面前靜止不動，完全沒有任何振幅出現，就好像再也收不到任何訊號般，過了好幾分鐘依然呈現一片死寂。

沒反應。

沒反應。

沒反應。

她嗅到了，那股讓她早已習以為常的熟悉氣息。

那是死亡的味道。

此刻，雅若感到全身的血液彷佛瞬間凍結，一股不安的預感與躁動開始在心頭醞釀、盤旋，就連另外兩人也察覺到空間裡前所未有的凝重氣氛，紛紛停下爭吵看向讓雅若臉色鐵青的方向。

儀器失去的訊號，宛若被愛情制約而必須化為泡沫的人魚，將徹底沉眠於深洋，溫熱的鼻息不復存在。

「可惡，沒想到還是被發現了。」

宛竹憤恨地咬了咬牙，隨後轉身到機艙內部翻找，最後肩膀扛了一個經過改良的大型火箭筒，她打開機門，凌亂的髮絲在風中飛揚，卻絲毫不曾影響她的視線。「目標鎖定，距離南方還有些微差距。」

她目測了一下距離，將炮口瞄準遠方的宅邸。「我估計，羽芊不在大廳的機率高達百分之八十三左右。」

「收到。」

啟暉戴上耳機坐在副駕駛座的位置，只是幾個看似簡單的操作，便將隱藏於裝置下的鍵盤與各色按鈕解除限制。「老洛，現在直接往南方前進，我們就直接停在宅邸的上空。」

他熟悉地操作起介面，彷彿這些深刻腦海的複雜資訊是他與生俱來的能力，過沒多久，原本平穩的機身突然出現輕微震動，五、六排被設置好的飛彈直接從外部機體

暗藏的空間翻出，威力看起來不容小覷。

因為，這臺是由啟暉家的子公司最新研發出來的改造戰鬥機，不論是實力還是外表，都能以最不起眼的姿態欺騙敵人的雙眼。

「雅若，如果到時我們變成空降部隊，妳應該不會介意吧。」

宛竹笑著，聲音異常甜美。「沒有大幹一票，今晚我可睡不著覺呀。」

「樂意之至。」

雅若望著做好備戰姿勢的兩人，索性安穩地坐在位子上，右手有意無意地摸了摸別在瀏海上的紫色小熊髮夾。「答應我，安全優先。」

「遵命。」

兩人十分有默契地回答著。

外頭的天空猶如濃得化不開的墨，等到深沉的黑幕被眾人揭開時，閃耀的燦星將成為今晚星空奪目的焦點。

It's our party time.

09

曲終人散

「丫頭，妳還好嗎？」

當洛伊從瓦礫堆中站起時，一手拉起剛才被他護在身下的羽芊，若仔細環顧周圍的斷垣殘壁，很難想像兩人在這些大型碎塊中竟然還能相安無事。

正確來說，真正毫髮無傷的其實是被洛伊用身體保護的羽芊，而洛伊本人倒是受了點輕微擦傷。

聽到方才猛烈的撞擊聲，羽芊猜測若沒錯的話應該是雅若他們開始行動了，畢竟自己的耳針已經被米珈娜發現、甚至捏碎了，沒收到訊號鐵定讓他們內心有如熱鍋上的螞蟻一樣焦急。

而這樣的情形，也意味著兩方的戰役正式展開。

誰死？誰活？還不能就此論定。

「丫頭，即使沒有我帶領，妳應該還是能走到外頭去吧。」

洛伊望著陰暗的長廊，原本懸掛在牆上的燈盞被從天而降的碎塊打出好幾道裂痕，亮晃晃的燈火早已不復見，只能藉由上層些微透出的火光看清楚眼前殘敗的景象。

「本來想說安全送妳離開再來處理這件事的，不過看來等不到那個時候了。」沒有任何猶豫，他隨即放開羽芊的手，轉身準備離開。「妳先走吧，我之後會跟上。」

「你要回去？」

羽芊低頭，下意識伸手拉住對方的衣角，雙目所觸及的卻是他被割出好幾道血痕的手背。

他受傷了。羽芊在心裡默喊著，眉間不自覺糾結成一塊。

「你現在要回去……找米珈娜嗎？」

她緊抓住洛伊的衣角，卻不知道此時該如何開口挽留對方才好，彷彿有一隻看不見的手從黑暗處伸出，緊緊攫住她狂跳不已的心臟，以及不斷從心底攀升的恐懼。

剛剛洛伊是因為保護自己才受傷的，要是他再去找米珈娜，很難保證有辦法全身而退，更何況最重要的事情是——

Hunter也在那裡！

對於自己突然迸出的念頭，羽芊一時之間雖然感到訝異，卻也開始不再遲疑與迷惘，決定慢慢接受她這段時間以來的轉變及感受。

舒伯特曾經告訴過她，要她順著自己的感覺走，所以這一次她選擇不再逃避，決定坦承自己的情感。

她不想失去洛伊，也不希望對方再一次從她身邊離開，但是，這些話她說得出口嗎？

或許，她現在最需要的其實是勇氣才對。

「笨蛋，我這麼做是為了我們兩個以後的生活。」

他輕輕吻了羽芊的額頭，「我答應妳，不論未來發生什麼事，我都只能死在妳的手上。」

他笑了一下。「要不要當寡婦，到時就由妳來決定。」

「你要是再繼續胡說八道，我這輩子都不會原諒你。」

羽芊瞪了洛伊一眼，最後轉身背對他。

「你不能死哦。」

「我知道。」

「事情處理完後要趕快來找我。」

「沒問題。」

「如果看見我的朋友，可千萬不能傷害他們。」

「我答應妳。」

「我愛你。」

「我也是。」

最後，兩人在原地分道揚鑣，各自前往自己的目的地行動。晦暗的路面只有些許火粉在原地跳躍、閃動，但他們對彼此的心意卻有著共同的信念，心靈的障礙早已跨越，只要克服眼前的挑戰，再大的困難都有辦法迎刃而解。

在他們的小指末端，隱隱約約似乎有一條紅線將兩人今世的命運緊緊纏繞在一起，縱使紅線有一天會消失，然而花一輩子時間也斬不斷的，卻是彼此心心相繫的情意。

羽芊知道，洛伊一直是個信守承諾的人，所以她很放心的穿越滿是瓦礫的長廊，

在狹隘的路徑中尋找能夠行走的空間，即使這裡有如九彎十八拐讓人難以辨別方向，她依然能照自己的直覺判斷出正確的位置。

現在，羽芊比較擔心的事是在半路上遇到任何一名活人，因為長廊裡光線不佳，若不是有火光映照，基本上形同黑暗。要是遇到了人她一時之間根本無法判斷出我方還是敵方，若對方也和她有著相同的心情，那麼最壞的情況就是對方不察明的前提下二話不說直接先發制人。

不管怎麼說，能夠在逃跑過程中盡量壓低音量是此時最好的辦法，否則一遇到敵人，她也沒能把握可以打倒對方。

勝算不能由敵人來決定，要由她來掌控一切。

就在羽芊這麼想的同時，經過轉角處的她還來不及減速停下查看，一抹白色的影子倏地衝擊她的視線，讓羽芊心裡不自覺暗暗叫慘。

那一瞬間，她看見了，白底鑲藍邊的長袍是諾斯理家族的服飾象徵，也就是說——

對方是敵人！

沒有多餘的時間猶豫，也沒有任何逃跑的空間，羽芊當下立即迅速反應，趁對方還沒會意過來時，將拳頭直接揮向前。

只要先發動攻勢，贏的機率遠比被動接受攻擊後才出手還要來得高。

只不過，這一點羽芊失算了，她萬萬沒想到對方不但輕輕鬆鬆閃過她的攻擊，還反過來順著她的行動滑過她的拳頭化解施壓的力道，最後握住她的拳頭讓她無法進行下一波攻擊。

眼看自己很有可能聽見被敵人弄斷手臂的骨折聲，羽芊索性咬緊牙根打算做最後的反抗，但對方此時卻鬆開她的手，反而將蓋住自己面容的寬鬆白帽掀起。

「羽芊，是我。」

微弱光線的照映下，蕙琪站在羽芊面前，臉上依然帶著那鬼靈精般的淘氣笑容。

就如同她記憶裡的那人是那樣地熟悉且令人安心。

「蕙琪，妳怎麼會在……」有好多好多的疑問與不解霎時填滿胸腔，讓她忍不住激動地想把一切來龍去脈弄清楚，只可惜話還沒說完馬上就被對方出聲打斷。

「羽芊，這東西接下來就交給妳囉。」蕙琪從懷裡拿出一個褐色的精美盒子，將

它交到羽芊手上。「要小心別在半路上被人給搶走哦。」

那是一個檀木製成的木盒，上頭雕著精工細緻的美麗花紋，起先羽芊不明白蕙琪的用意到底為何，等到她打開盒子後，才驚覺原來放在裡頭的是和蕙琪手機照片裡一模一樣的物品——也就是Secret！

數把小巧精緻的銀刃在盒子裡流動著一股神祕氣息，冰涼的氣流在羽芊手指輕觸的瞬間將她環繞、包覆，然後散開，最後像是有意識般繼續靜靜待在盒子裡，似乎正在尋找能夠駕馭它的主人。

那是一股能夠直達心底的冰冷，同時卻也蘊含著重見光明的希望，如此正反兩極的力量帶來的是光明抑或黑暗，端看使用者的契機與心思。

「蕙琪，這個Secret……」

第一次，羽芊曾經潛進美術教室想找尋Secret，但卻只能空手而回；第二次她想進去時，被洛伊澈底阻止，因為米珈娜早已在外頭布局等敵人自投羅網。

這個她一直處心積慮想拿來對付血族的最佳利器，都因為自己能力不足行動接二連三以失敗告結，但Secret此時此刻竟然就在她的手上，這要羽芊激動的心情該何以

平復呢？

「唉呦，人家我連美術老師的鑰匙都偷得到了，區區的Secret又算什麼。」蕙琪俏皮地吐了吐舌頭，「這可是我好不容易才偷出來的，以後就交給妳保管了，可別辜負我的一番心意呀。」

蕙琪看向遠方轉角處的兩條通道，指著右邊的方向。「從那裡沿著階梯往上爬，可以通往這座宅邸的空中後花園，若我猜得沒錯，米珈娜之後應該會在那裡才對，循著血族氣息追來的Hunter估計也會往同個方向前進，到時就麻煩妳跟他們會合囉。」

「那蕙琪妳呢？妳不打算和我一起走嗎？」

羽芊聽見空蕩的長廊裡傳來一陣倉促紊亂的跫音，由遠而近，似乎近在咫尺，又像是遙若天涯，一時之間根本辨別不出腳步聲的距離。「現在外頭很危險，要是一不小心就會沒命，我不可能放妳一人在這裡遊蕩。」

若是之前，她可能還會懷疑歸來的蕙琪的真實身分，但如今看來這些疑慮都是多餘的了。假若對方並不是自己所認識的那個李蕙琪，對方怎可能輕易放過解決敵人的大好機會，甚至還特地把Secret交給她保管呢？

是蕙琪沒錯、她真的回來了。那份湧上心頭的激動再次篤定了羽芊的想法。

雖然她不清楚蕙琪之前究竟發生了什麼事，而對方又為什麼會穿著象徵諾斯理家族的長袍，目前當務之急是趕緊離開這是非之地，她說什麼也不肯把蕙琪丟下一個人先走。

因為，這不是身為朋友該有的行為。

「不行，我還有事情要處理，所以妳先過去吧。」

蕙琪搖搖頭，對羽芊露出一個自信的微笑。「放心吧，我可是李蕙琪耶！怎麼可能這麼簡單就被壞人抓到！妳看我現在都好好的，就證明我其實身手不凡。」

「笨蛋，運氣不等於妳的實力好嗎？況且人家說『傻人有傻福』，我看妳根本就是老天爺特地寬容才有機會活到現在吧。」

「亂講，我明明就很厲害，要是不相信的話，那我和妳賭一百盒章魚燒！不把妳吃垮我以後就算是做鬼了也要逼妳拿章魚燒來祭拜我！」

「賭就賭，誰怕誰，到時妳若贏了，我再外加一百個拳頭給妳！」她盯著蕙琪好一會兒，最後還是忍不住笑了出來。

也許吧，這樣的相處模式才是她們最習慣的接觸。

那是任何人都無法取代的位置。

「先說好哦，我錢都已經準備好了，到時要是一百盒章魚燒妳吃不完，我即使硬塞也要把它們通通塞進妳的嘴巴裡。」

「放心吧，就算妳送我一萬盒章魚燒，我照樣吃完給妳看。」彷彿突然想到什麼，蕙琪隨即露出一副可憐兮兮的模樣望著羽芊。「不過說真的，我最親愛的羽芊大大啊，至於那一百個拳頭嘛……」

「不行，說好一百個就是一百個，妳再吵我就加碼。」

羽芊往先前蕙琪指的方向跑去，還不時回頭看了對方幾眼。「等到了學校後，我一定要把妳揍到智商變兩百才行，即使盈瑩替妳求情我也不會放過妳，妳就給我覺悟吧。」

「妳放心，人家我智商早就超過兩百了，絕對不會有機會讓妳揍到手瘦的。」她胸有成竹地回答，笑咪咪的模樣映入羽芊雙眸。

望著羽芊逐漸遠去的背影，蕙琪臉上愉悅的笑容慢慢收起，最後勾起嘴角的，卻

是一抹慘澹的微笑。

「如果我們還有機會見面的話……」

一道幽幽嘆息於偌大的長廊迴盪，在虛無與靜寂的投擲間輕輕盪出一波無法察覺的漣漪，最後，伴隨對方消逝的身影悄悄淡去。

10

別離

「洪啟暉，你有看見雅若嗎？」

宛竹眼神戒備地站在會場中央，雙手分別套上至少有三尺長的銀色金鋼狼爪，沿著銀色刀鋒滾下的鮮紅血珠直接濺在來者的衣服上，當銳利的鋒面在身上留下深可見底的爪痕的同時，地上也綻放出一朵又一朵冶豔的血花。

如同黃泉路上彼岸花的鮮豔盛放，眩亂了眾人的眼，迷惑了死者的心智。

「我以為她在妳身邊。」

「砰」的一聲，啟暉手上的長槍射出一顆銀彈，不偏不倚直接命中對方的眉心。戴著墨色鑲金滾邊手套的他手上分別握著長槍與手槍，古老的槍身刻著繁複的金色花紋，他正以極快的速度將蜂擁而至的敵人轟到一旁去。

就如當初所想的一樣，在進行一番轟炸後，宛竹與啟暉讓老洛將飛機盤旋在宅邸的正上空，自己則是帶著雅若以垂吊姿態迅速空降至地面，宛如電影裡才會出現的場景，他們的出現確實讓現場其他人感到措手不及。

但也僅止於那一瞬間而已。

殺紅眼的血族根本沒有弄清楚狀況就直接往雅若一行人的方向殺過去，只有少數保有理智的人選擇迴避，或者繼續將目光鎖定在原本的目標上。

這讓宛竹和啟暉感到頭疼，而且是相當大的頭痛，因為他們要找的根本不是這群閒雜人等，況且現在的雅若根本手無寸鐵，他們不只要保護她的安全，對於如何突破重圍找到羽芊的所在地也是此時刻不容緩的大事。

沒有任何遲疑，宛竹和啟暉幾乎是在同一時間用眼神示意，以雅若為中心點採取一前一後的姿勢，藏在衣服底下只屬於Hunter的專用武器也在瞬間現形，以迅雷不及掩耳的速度橫掃對他們懷有不良企圖的敵人。

事情本該會如此順利進行才對，但後來他們卻發現自己不小心犯下了一個致命的錯誤——

雅若不見了。

就在他們忙於對付吸血鬼的這段時間內，雅若一聲不響地從這個會場消失，就連她該有的氣息都沒有留下，只剩濃郁的香水氣味殘存在空氣中。

沒有。

沒有。

沒有。

雅若失蹤讓宛竹和啟暉心裡感到莫名焦躁，雖然他們沒有表現出來，但彼此卻是心照不宣，尤其是在意識到雅若的氣息是被刻意隱匿起來後，那股不安的情緒讓兩人背對著背環視將他們包圍成一圈的敵人，眼底倒是出乎意料地多了幾分冷靜。

面對這樣的情形，通常只會有兩種可能：第一，雅若被哪個不要命的傢伙綁走了。第二，雅若不知道什麼原因在一片混亂中離開現場。

就顏宛竹和洪啟暉兩人的認知，基本上他們認為第一種的可能性實在高出太多了，因此說什麼他們也絕不放過那個從他們眼底下將人擄走的渣仔。

「很好，姓洪的，現在我們有兩件事要做：第一，找到雅若和羽芊。第二，找到

他們的頭頭。第三，任何擄走雅若者，一律殺無赦！」

「姓顏的，妳說得倒是容易，雖然妳說的三件事我通通舉雙手贊成，但看他們一副想把我們生吞活剝的模樣，只怕又得耗費無謂的時間在這裡和他們一較高下了。」

「放心，目標又不在這裡，大不了直接閃人就行了，反正你又不是第一次遇到這種情況。」

「既然如此，那妳準備好了嗎？」

「一句話，我隨時奉陪。」

就這樣，兩人開始在人群之中殺出一條血路，憑著嗅覺往某個方向前進。

另一方面，隱密的森林中，有一抹黑影在裡頭快速穿梭，猶如夜中特意孤行的獨行俠，在越過無數晚風與林葉間的摩娑後，輕盈的身子最後選擇落在枝頭上。

就在這附近了。

雅若站在樹木的頂端，用赭色緞帶綁於兩側的修長髮絲於風中恣意飄揚，巨大的赤棕色鐮刀在月光的照射下發出清冷的寒光，一股森嚴的氣氛開始在周遭悄悄蔓延，她瞇著眼，望向氣息散發的方向，嘴角緩緩勾起一抹深不可測的弧度。

雖然她只見過米珈娜一次，但身為死神，每個人專屬的氣味為何她依然可以清楚辨識，尤其是吸血鬼的氣息，她可說是再熟悉不過了，縱使米珈娜試圖掩藏自己的氣味，敏銳的她還是能依稀聞到那股淡淡的香氣。

甜而不膩的腐敗氣息。

除此之外，她也能感受出羽芊似乎就在這附近，只是比較令人困惑的一點是羽芊前進的方位竟然和米珈娜的所在位置方向一致，她不禁開始揣測，這當中是否代表著有什麼事正要發生。

事情正以雅若無法想像的速度迅速發展，這讓心情異常亢奮的她不禁弓起身子，猶如一隻蓄勢待發的貓覷著前方，她舉起手上象徵死神的赤棕色鐮刀指向最終的目標，而颯颯的風聲彷彿戰前尖銳的哨響，正預告著這場戰爭即將展開。

是開始，也是結束。

這是他們最終的戰役。

既然如此，她該以死神的身分介入嗎？

這一場戲，就讓她當個最佳觀眾吧。

◆

清涼的晚風拂過黑夜的靜謐，在無止盡的夜中悄悄掀起對方神祕的面紗，當唧唧的交響樂被揉進碎藻的絢爛，於水面盪起一波漣漪的，是不曾醒來的繽紛美夢。

浮光，躍金。

就如同無常的千年歲月，在燦爛星空劃過一記稍縱即逝的閃爍。

是殞落，亦是旅途的盡頭。

在月光的照射下，空中後花園內繁花盛放、枝葉扶疏，飄盪的流光在表面漾出美麗銀絲，然而這樣令人賞心悅目的景象裡，其實暗藏著一股寂靜的肅殺。

在寧靜氛圍裡所塗抹的，是使人迷惘致命的毒藥。

「啪！」

一道強烈撞擊瞬間擊殺至地面，毫不留情的力道直接將大理石地板鑿出一個大洞，米珈娜斷然一甩，手上的鞭子以迅雷不及掩耳的速度往洛伊的所在位置疾行而

去，而洛伊一個急速閃身，被鞭子橫掃過去的大樹紛紛攔腰折斷，威力看來不容小覷。

「嘖，沒想到你身子還挺靈活的嘛。」米珈娜收回皮鞭，憐愛的親吻著她的武器，似乎已經很久沒這麼享受戰鬥的樂趣了。

如果定眼仔細瞧，便會發現米珈娜方才使出的鞭子上其實有著一排怵目驚心的尖銳倒刺，上頭浸染過由上百種毒物互相廝殺最終存活的蠱毒，只要一不小心被擊中，皮開肉綻事小，在極致的痛苦中扭曲而死才是最折騰人心的死法。

血族所追求的美，是對方在極其殘忍的手法下極力掙扎所綻放的妖異之美，如此令人醉心的華美畫面是他們在娛樂之餘所陶醉的興趣之一。

也是一種，毫無人道的惡趣味。

突然，米珈娜迅速向後做出下腰的動作，及時閃過迎面而來的奪命鎖鍊，在月光照射下，泛著銀光的鐵環擦過米珈娜的金色髮梢，也在那一瞬間，她瞪大的雙眼看見她被截斷的髮絲於天際漫天飛舞，猶如金色羽毛般輕柔美麗。

隨後，她的嘴角揚起一抹笑，腳下的地板現出蒼青色的神祕圖騰，數把具現化的藍柄大刀自陣形中浮出，彷彿有意識般直接往對方的方向射去。

洛伊見狀後依然選擇站在原地，只見他緩緩舉起分別套著銀色指環的左手，指尖輕扣著浮在半空的耀眼鍊子，一眨眼的時間從地面鑽出的成排鎖鍊在他面前豎起一道防護牆，鋒利的大刀與鎖鍊對撞後瞬間擦出一道強烈火花，劇烈的撞擊聲一時響徹雲霄，劃破本該寂寥的黑夜。

「以前的妳從來不使用法陣的。」

襲擊而來的大刀被鎖鍊彈開在空中迴轉了幾秒便狠狠插在地面上，待洛伊確認迎面飛來的武器通通落地後，成排的鎖鍊由上而下一一從眼前退去，但沒想到就在洛伊正前方的鎖鍊剛退去時，先前米珈娜手上的鞭子霎時向他的眼睛襲來。

「喀」的一聲，其中一環鍊條擋在他的面前，及時阻斷鞭子前行的路徑，也讓洛伊看清楚米珈娜嘴角的笑意。

「以前是以前，現在是現在，時代在演變，我也得拋棄那些固執的舊觀念才行。」她笑著，微微露出的尖銳獠牙正散發著寒顫的冷光。「要是不好好認真的話，可是會死掉呦。」

米珈娜的左右手往後方輕輕一壓，兩個冰藍色的巨大圓形法陣頓時以手掌為中心

在半空中現形，古老符文刻劃著流傳千年的神祕咒印，在周圍揚起的一片狂暴沙塵中有兩隻體型至少有兩層樓高的巨大蒼狼從法陣中一躍而出。

銀白色的毛皮在月光下增添一股莊嚴寂靜之美，一口得以撕裂萬物的利牙正渴求甜美鮮血的餵養，紫色的眼眸潛藏著深沉卻亢奮的情緒，從喉嚨不斷發出的咕嚕聲說明了牠此時躁動不已的心情，彷彿恨不得將眼前的生靈廝殺殆盡，而看見這一幕後，洛伊的臉不由得沉了下來。

「米珈娜，當初亞理莎應該和妳協議過才對，除非為了保護自己最重要的人，否則不得再使用這些家族禁術，這些事妳難道忘了嗎？」望著那兩頭蒼狼，洛伊憤怒的握緊拳頭，對她的行為感到很不解。

蒼狼，是諾斯理家族歷代用生靈豢養的妖獸，性格上以凶殘暴虐所聞名，希臘語的名字有「破壞之神」的稱呼，即便受到初代家族掌管者的馴服，依然有著不易受控的危險因子存在，一旦經由施術者召喚，蒼狼會聽從主人命令對現場生靈進行廝殺，只有當施術者倒下或中止術式時蒼狼才會消失及停止攻擊。

而這就是諾斯理家族掌管者代代流傳下來的家族禁術。

「哦，你怎麼知道這是家族禁術呢？我記得當初和亞理莎立約時，你還只是個什麼都不懂的小鬼頭呢！」米珈娜輕笑伸手安撫著蒼狼狂暴激昂的情緒，眼神卻驀地一沉。「這個禁術我只告訴過亞理莎該如何使用，沒道理會有家族的其他人知道。」

「還是說，在那場華麗的晚宴上，她曾對你使用過這個只有諾斯理家族才會知道的禁術呢？」

「唰」的一聲，一道鎖鍊擦過米珈娜的臉頰，在白皙的肌膚上留下一條清晰的血痕，但也在同一時間，米珈娜手上的鞭子不知道什麼時候纏住潛藏於某一方的鍊條，她輕輕一拉，刻有符文的鐵環便在空中應聲斷裂、化為粉塵隨風揚散，而其他早已佈置成型的具現鎖鍊也在瞬間一併消失。

「別忘了，我可是比你還要了解鎖鍊的能力呦，小鬼頭。」

米珈娜抹去臉上的血痕，笑得十分燦爛。「好久沒這麼稱呼你了，真是令人懷念啊。之前你不斷閃避我的攻擊，其實是為了進行『絞殺』的佈陣吧，只可惜現在你得重來一遍了，不知道還有沒有足夠的時間讓你實行這個招式啊？」

「亞理莎說過，自大妄為一直是妳的一大缺失。」洛伊冷眼看著她，從地表不斷

鑽出的鎖鍊在四周形成一個新的方陣。

「絞殺」是鎖鍊能力的第二招式，讓埋藏於地下的鎖鍊以敵人為中心點佈置成五芒星的圖形，啟用法陣的符文密密麻麻全刻在鐵環上，因此當敵人被鎖定完畢後便會啟動最後的符印，從天頂往中心點的位置對敵人進行絞殺。

這個招式洛伊曾想過要使用，只不過目前時間並不足以讓他發動這個能力。

「哦，能從你口中聽到她對我的評價還真是倍感榮幸啊。」

米珈娜優雅彎腰起了個揖，微笑。「那一年，亞理莎使用了我教她的禁術，只為了保護她最愛的外孫女，最後還死於你的鎖鍊之下，但沒想到最讓人諷刺的是當年你追殺名單的成員之一，現今竟然成為你要保護的對象。

「這一次，我要讓你明白死亡的滋味究竟如何。」

因為，所有的人也就只有我有資格殺了她。

米珈娜手一揮下的瞬間，兩隻巨大的蒼狼像是隱忍許久的嗜血猛獸，眼底閃過一絲迫不及待的興奮，其中一隻以極快的速度張開利齒往洛伊的方向衝去，從口中所流出的液體一滴至地面，馬上冒出詭異濃煙侵蝕出一個大洞。

洛伊見狀，隨即發動指環的能力從掌中耀眼的光芒幻化出一根至少五尺的銀棍，它的兩端分別刻著白薔薇的美麗圖案，並扣著一條銀色鍊子，似乎有什麼特別用意。

他咬牙站在原地數著與蒼狼之間的距離，在蒼狼即將撲向他的同時突然出現好幾條鎖鍊從後往前封住牠的咽喉，緊接著洛伊以迅雷不及掩耳的速度握緊手上的銀棍往蒼狼的腹部用力一擊，強烈的力道使牠直接往後方的石牆飛去，一聲巨大哀號頓時衝破天際。

照理來說，事情應該要這麼順利發展下去才對，但正當洛伊暫時鬆了一口氣時，他突然驚覺似乎有哪裡不太對勁，在他的印象裡剛才的蒼狼好像和他記憶中的有那麼一丁點不一樣，他的警戒雖讓他及時閃過米珈娜橫掃過來的長鞭，但光是這樣並不能消除他心中的疑慮，他總覺得自己一定忘了什麼重要的事才對。

現在，洛伊單膝跪地、手中緊握著銀棍，他看向米珈娜的方向，發現對方正以好整以暇的閒情望著他，她沒有打算進行下一波攻擊，反倒是輕輕咬了一下下唇，細細把玩起手上的鞭子來。

不對，不該是這樣的。

洛伊此時才發現原本站在米珈娜身邊的另一頭蒼狼早已消失得無影無蹤，他連忙環顧四周環境，發現不只是聲音，就連氣味都被隱匿起來了，彷彿現在的空間一直以來都只有他和米珈娜，方才使力攻擊的蒼狼不過是個虛妄的幻影。

在哪？究竟在哪裡？

洛伊仔細嗅著空氣中的氣味變化，著急地想找出對方的位置，卻發現不單是嗅覺，身體的所有感官竟然在一瞬間開始出現遲鈍現象，就連記憶中的一切也逐漸混沌起來，如同影片播放時的慢格在他面前呈現，這不禁讓他只能想辦法將專注力提升到最高，任何一絲一毫的動靜他都絕不能放過。

多久了？記得上一次碰到像現在這樣的情形已經有多久了？他已經快記不清楚了。

「小鬼，可別忘了，蒼狼可是這世上最會欺騙人的狡猾生物啊。」

一道古老的沙啞聲音自耳邊緩緩響起，他猛一抬頭，發現一隻蒼狼正張開尖銳的獠牙從正上空準備將他一口咬下。

他想起來了，他小時候碰到的那次危機，是親同母親的亞理莎奮不顧身將他救下的……

「喀」的一聲，當洛伊再度睜開眼時，他看見蒼狼嘴裡咬住的——

是一個金屬製的迴力鏢！

「真是的，這麼大隻的野狗到底是誰家養的？看那副飢不擇食的模樣就知道飼主一定沒有定時給牠飯吃，這根本就是虐待動物嘛！看來應該要找個時間通知動保協會才行。」

「姓顏的，回去後妳一定要賠我一個迴力鏢聽到沒！」

「為什麼？待會從野狗那邊拿來還你不就得了？」

「被牠口水沾成那樣我最好還要啦！還有，迴力鏢妳那邊明明就有一個，幹嘛硬要拿我的！」

「唉呀，有這回事嗎？我怎麼通通不記得了？」

「顏阿桑妳再繼續裝死沒關係，待會我就叫那隻野狗把妳當晚餐吃下去！」

「洪阿伯你要知道野狗要吃當然是先從長得最不堪入目的生物開始吃，但我還怕牠吃了你會拉肚子！」

「吃妳才會拉肚子！」

「是吃你！」

「是吃妳！」

顏宛竹和洪啟暉兩人站在來時的入口開始大聲爭吵，那種互不相讓的氣勢讓及時躲過蒼狼獠牙的洛伊一時感到一頭霧水，不過很確定的一點是對於迴力鏢一事不斷起爭執的兩人確實是使他倖免於難的恩人。

「洛伊，你沒事吧？」

羽芊懷裡抱著一個褐色木盒，匆匆忙忙從入口處趕到洛伊身邊，見他沒受到什麼明顯的外傷，原本緊張的情緒便逐漸緩和下來。

「ㄚ頭，抱歉讓妳擔心了。」洛伊苦笑，輕摸著羽芊的頭，隨即將目光轉向幾乎快要動武的兩人。「Hunter？」

「嗯，他們兩個是我的朋友，我已經向他們解釋過所有的事情了，雖然他們有時候確實怪了點，不過卻是很可靠的夥伴呢。」

「妳相信他們嗎？」

「那當然。」羽芊挹了一下洛伊的肩膀，「夥伴之間哪有什麼好不信任的。」

夥伴啊。洛伊反覆輕誦著這兩個字，望著羽芊的笑靨，他的嘴角不自覺上揚了起來。

或許，就是因為自己單打獨鬥慣了，所以才會失去信任的能力，導致族群間容易只剩猜忌與嫉妒。

能夠並肩作戰的同伴其實一直都在，只是他不願去相信而已。

當初亞理莎希望他學會的，難道就是這件事？

他垂下眼眸，手中的銀棍似乎握得更緊些。

沒想到過了這麼多年，他現在才領悟出這麼簡單的道理，真是可笑呀。

喏，亞理莎，沒想到我果然還是妳口中的幼稚笨小鬼呢。

「看來，不請自來的客人通通都到齊了。」

一聲怒吼霎時撕毀空間的格局，兩隻蒼狼分別從迸裂的時空躍出，一左一右分別站在米珈娜身旁，似乎對眼前的生靈頗感興趣。

「日，你看看，我們竟然被無知的小鬼說是野狗，聽來還真是諷刺啊。」

站在右方的蒼狼開口，深沉的紫色眼眸閃過一絲流光，看來對於這個新稱呼不是

很滿意。

「我說月啊，就別和小孩子一般見識了，反倒是你，竟然偽裝成被攻擊的模樣，你那愛將人玩弄於股掌間的個性還是一點都沒變。」

「沒辦法，看見當年的熟面孔總忍不住想逗逗對方。」

名為月的蒼狼目光掃過洛伊和羽芊，忍不住舔了舔腳上的爪子，從口中滴下的深紫色液體猶如毒藥般，再度將地面腐蝕出大洞來。

「看來當年的小丫頭現在出落得挺標致的，不知道味道嚐起來是不是也同樣可口呢？」

聽見這般話後，洛伊的臉不由得沉了下來，狂傲的殺氣頓時從身上傾瀉而出，手中持的銀棍正散發出耀眼的光亮，要不是察覺異狀的羽芊及時拉住他的衣角，他發誓絕對要讓這隻蒼狼為牠方才所說的話付出沉重代價。

「今天這場最後的晚宴，沒想到出乎意料的熱鬧，真是給足了我面子。」米珈娜看著在場的四個人，上揚的嘴角依舊有著藏不住的笑意。

「血族會和Hunter聯手，這倒是今古奇觀，看來叛徒的家族史又要增添一筆笑話

了。」

「喂喂喂，老女人妳嘴巴放乾淨點行不行？這叫做『異業合作』好不好！現在業界都很流行這種合作模式，妳不懂就不要在那邊五四三！」宛竹和啟暉兩人很有義氣地站出來，異口同聲地指著對方的鼻子藉此訓話一番。

米珈娜見狀後沒有像之前那樣對兩人的話做出任何回應，於笑容底下藏著的是不為人知的算計與狠勁，她輕笑了一聲，反倒是身旁的蒼狼不禁打起呵欠來了。

「呵呵，你們這兩家老是出亂子，我看了這麼久都覺得乏了。」

「哦，不知道兩位大老有何想法？」

「通通交給我們吧，米珈娜。」月興奮的爪子在地上刮出三尺深的爪痕。

「我和日好久沒遇見這麼振奮人心的場合了。」

剎那間，不給人任何反應過來的機會，日和月兩隻巨大蒼狼個別奔向其中一組人馬，從天而降的奮力一躍直接用力踏在地面上，馬上引起一陣強烈旋風與天搖地動，緊接著便是張牙的咆哮與狂暴。

看見這一幕，宛竹和啟暉先是閃避隨風襲來的大型碎塊，接著分別拿出Hunter的

專屬武器準備和對方來一場激烈廝殺，而羽芊則是在洛伊成排鎖鍊圍成的鐵牆下躲避飛來的橫禍，她抱緊手上的木盒，似乎正忖度該如何面對眼前的局勢。

為了對付蒼狼，也為了對付米珈娜。

「趴答、趴答。」

「趴答、趴答。」

然而，在這樣的危急時刻裡，沒有人聽見那細微的踩踏聲正從遠方行來。

「趴答、趴答。」

「趴答、趴答。」

米珈娜輕顫的睫毛微微覆下，她雙手交叉擺胸斜靠在牆上，握著皮鞭的小指在半空中輕扣了一下，用結界將另一方的紛雜隔離起來，讓周圍的聲音安靜得只剩時間的流動。

以及，那忽遠忽近的不真實感。

「趴答、趴答。」

「趴答、趴答。」

猶如潛伏於影子底下的腳步聲，內心最幽微的恐懼總是在寂靜無人的時候不斷滋長，而那小小的夢魘便會和孩童吹出來的泡泡一樣越來越大、越來越大，只要輕輕一戳，「啵」的一聲那樣的顫慄便會如洪水般傾倒而出，最後讓人在無止盡的深淵中溺斃。

只可惜，她米珈娜從來沒有那般脆弱。

「雅若，我找到妳了。」

她睜開雙眸，雙眼凝睇遠方被銀白色月光灑落的枝枒，彷彿那裡潛藏著什麼不為人知的祕密。

「趴答」的一聲，隨著晚風輕拂枝葉的呢喃，細微的踩踏聲才就此停止，一個人形在月光下緩緩現蹤。

「能夠聽見死神的腳步聲，果然不容易。」

雅若從枝頭上輕輕躍下，綁於兩側的赭色緞帶隨風飄揚，她掀起黑褐色的寬鬆大帽，帽子底下的是不帶一絲情感的冷漠，她手上的巨大赤棕色鐮刀散發出清冷的寒光，長柄末端鑲著一顆耀眼的祖母綠，猶如審判時的裁決者，整體散發出一股肅殺的

死亡氣息。

而這樣的死神，才是真正的雅若。

「這一次，妳還打算插手嗎？」

無視周圍的呼喊與打鬥，米珈娜垂下眼簾，心平氣和地問著。

「若以死神的職責來看，妳奪取犧牲者魂魄的行為已嚴重影響到世界原有的秩序，必須進行剷除才行。」雅若冷冷說著，冰冷的眼神有著對本身職責的執著，但這樣的言論卻讓米珈娜笑了出來。

「那如果以『朋友』的身分來看呢？」她刻意強調「朋友」二字，彷彿早已知曉對方心底的答案。

「視情況需求適時融入戲劇，這才是所謂的最佳觀眾。」

雅若將手中的鐮刀指向米珈娜，猶如在風中凜然綻放的緋紅花朵，從周圍散發出來的是堅不可摧的強大信念。

為了自身的職責，也為了保護她的朋友。

這一次，她非管不可。

「妳變了呢。」

米珈娜抬頭，「以前身為死神的妳從來不會被這些感情所牽絆，只要和死神無關的事，妳都一概採取不聽、不理、不接觸的原則，這樣的妳維持下去不是很好嗎？為何到頭來還是改不了多管閒事的壞毛病呢？」

「即便如此，我還是能確實完成我的任務，只要不影響職務進行，怎樣的改變我都無所謂。」

雅若笑著，將赤棕色鐮刀擺在身後用死神的禮儀向米珈娜下戰帖。「不論是好還是壞。」

這世上的笨蛋果然還是一樣多呢，亞理莎。米珈娜恭敬地欠了欠身子，回應了雅若的邀請。

縱使葬了一生的浮沉，到頭來卻還是活在對方的影子下，這樣看來她依舊沒有擺脫宿命的輪迴。

妳的執念、我的狂妄。

追逐的幻影、悖德的痴醉。

就讓我一次解決吧，糾結了我兩世的深仇大恨。

米珈娜突然向後退了一大步，兩個蒼青色的法陣瞬間自半空中現形，從法陣中浮現的數十把特製長刀直接瞄準雅若的所在位置，鋒利的刀口分別泛起銀色白光，一一向目標的方向橫掃而去。

在那當下雅若迅速將赤棕色鐮刀插在地上，於掌中畫了個符印後反壓至地面，一個緋紅色的神祕圖騰以自身為中心在地面顯現，兩道紅色的光芒從法陣中交叉衝出，於天頂交會後形成一個半圓防護罩，隨著雅若接連的幾個蹬地後空翻阻擋從上方襲來的長刀，而長刀一接觸到物體後便就地炸開，在空中與地面形成接二連三的連環爆炸。

「雅若！」

在一旁察覺不對勁的宛竹和啟暉一發現雅若的身影，驚呼之餘急得想要衝向前營救，不料此時日竟然搶先一步適時擋住兩人的去路，用利爪劃破空氣的血色飛刃霎時落下成功阻止他們前進。

「與其有時間擔心別人，不如先想想自己的處境吧。」

日露出邪惡的笑容，以勝利者的姿態居高臨下俯視著眼前的小毛頭，仍不忘在兩

人的視線範圍內露出一小角空間讓他們目睹後方的戰局，那種如熱鍋上螞蟻的憤怒與焦慮讓牠看得津津有味。

「對於自己的無能為力感到很無助吧。對，就是這個樣子，當你們開始籠罩在恐懼的威脅下時，我會一併把你們吞進我的肚子，當你們成為我血肉的一部分時就能理解王者的實力是有多麼驚人、你們的反抗是多麼不自量力。」

「煩死了，人家說好狗不擋路，你這隻野狗果然惹人厭。」啟暉瞪著蒼狼的雙目，從紫色眼眸倒映出來的身影在牠面前顯得特別渺小，但也就是因為如此，所以牠對人類這種輕輕一捏就死、卻總能展現出頑強一面的生物特別感興趣。

尤其是，敢稱呼牠野狗的那群不知天高地厚的死小鬼。

沒有任何猶豫，宛竹壓低身子踩著紊亂的步伐疾行奔向蒼狼的所在位置，看似魯莽的行為卻在日揮起利爪的瞬間就地蹬起在空中迴旋了半圈，手上的金鋼狼爪經過月光的沐浴後竟像灑上星輝的斑斕，用力劃開的銀色飛刃直接從上空落下。

宛竹華麗迴轉的身影猶如夜空中飛舞的白色精靈，霎時間美麗的身姿澈底眩惑了日的雙眼，眼前的人兒不自覺與多年前記憶中的身影重疊，只不過這一瞬間的錯愕使

日的動作慢了一秒鐘，只能任由飛刃擦過牠的眼角，自此留下一道清晰的血痕。

……果然，當年的那名娃兒就是妳嗎？

一道鮮紅的液體自眼角緩緩流下，而宛竹在喘息之餘仍不忘緊盯日的行動，深怕一不小心就會遭受對方襲擊。

「小鬼，告訴我妳的名字。」

牠雙眼凝睇，仔細端詳眼前少女的模樣，想要將對方的身影烙印在腦海，只不過一旁的啟暉並沒有放過日鬆懈的瞬間，由指尖扣住的槍身霎時嵌入從口袋取出的藍色子彈，一上一下交疊的槍枝彷彿寫入記憶中的槍法，他將槍口對準蒼狼四肢的方向，用力扣下扳機。

從槍口飛出的藍色子彈包覆著美麗的藍色光輝，分別以迴旋的方式一字排開往目標方向攻擊，日見狀後迅速向後一躍打算避開來者的突襲，不料啟暉當初槍口對準的位置並不是牠的四肢，而是——

牠試圖往後的方向！

一連串的淡藍色煙花驀地從彈殼內炸開，看似繽紛絢爛的場景卻隱含著致命的殺

傷力，從裡頭迸裂的炸藥在空氣中引起強烈爆炸與火花，子彈的彈頭在引爆的瞬間竟化成帶有阻滯力的粉塵，向四周最接近的物體擴散。

日魅著眼，足下揚起的沙塵驟然形成一個小型龍捲風，將迎面撲來的粉塵一掃而去，即便如此，牠還是不小心吸入了部分粉末，從體內傳來的莫名陣痛讓牠不得不壓低身子，一股危機意識自心底油然而生。

……火藥只是個幌子？

「不論是誰，我們都沒有義務回答你的問題。」

兩人此時背對著背，很有默契地在擺好作戰姿勢後異口同聲回答著，從他們一致的行為與反應來看，日的嘴角不知不覺揚起一個詭異的弧度，心中的答案也越來越篤定。

當年的那兩名小鬼，就讓牠好好見識見識這幾年來有何成長吧。

另一方面，月正慵懶地趴在地上打呵欠，牠的右前腳托著自己的下巴，饒富趣味地盯著眼前兩人看，毛茸茸的銀白色尾巴輕輕在周圍晃呀晃，看似無害的動作卻能將一排大樹攔腰折斷，威力不容小覷。

牠好整以暇的模樣與眼前心急如焚的兩人形成強烈對比，時間一分一秒流逝，那種因陷入苦戰的焦慮與不甘著實在羽芊及洛伊臉上現行，臉部線條也開始越發僵硬。

「哦，表情不錯嘛。」

月不禁笑了出來，滿意地用爪子輕輕摩娑自己的下巴。

「如果是聰明人應該都知道才對，攻擊我們只會是白費力氣而已，與其在筋疲力竭後被我折磨至死，倒不如乖乖束手就擒，說不定大爺我心情好些會賞你們個痛快呢。」

望著蒼狼頗具自信的面容，洛伊知道蒼狼所說的都是事實沒錯，憑他們的力量要將蒼狼打成重傷這幾乎是不可能的，因為就連當初諾斯理家族的初代掌管者之所以能夠馴服牠們，最主要的並非武力驅使，而是蒼狼自願受到家族歷代豢養、聽令於人。

面對這樣艱困的窘境，他確實不該有任何勝算。

「的確，如你所言攻擊蒼狼確實是不智之舉，到頭來也只能落得徒勞無功的結局。」洛伊握緊手上的銀棍，指向月的後方。「因此，我們的目標不會是你。」

「而是使用禁術的米珈娜！」

剎那間，洛伊手上的銀棍發出白色的璀璨光芒，他將它往上輕輕一拋後，於空中迴轉了幾圈的銀棍最後竟然以水平之姿懸浮在半空中，扣著銀色鍊子的兩端下方分別放置了一個銀色盤子，猶如公正的裁決者，在眾人面前不曾出現偏袒一方的傾斜。

「嗯？天秤？」

看見這樣的情形，月忍不住放聲大笑。

「你拿這破東西就想打贏我，會不會太異想天開了呢？還是說你早已乖乖放棄掙扎，這秤重的其實是拿來方便我秤肉的？」

「它確實是拿來秤重的，可惜的是它要秤的東西是什麼，我想你應該猜不到才對。」

洛伊微笑沒有接著說下去，他只是緩緩舉起他的左手，戴在無名指的銀色指環突然在原地迅速轉動並且發出光亮，眼前的天秤驀地兩端不再保持平衡，而是緩緩向左邊傾斜而去。

一聲轟然巨響後，月的身體瞬間彷彿被從天而降的千斤重鋼鐵壓住，牠的身體與四肢因承載不了身上的壓力直接撞擊至地面，揚起沙塵的結果是在地面形成一個巨大

凹洞。

「它所要秤的，其實是你的罪孽。」

傾斜的天秤於對方語畢後又往左邊下降了一些，而這樣的結果導致努力匍匐在地的月腳下的空間繼續向下陷落，就好比周圍環境的重力被人刻意變換般，至始至終只有眼前的蒼狼受到大氣壓力改變的影響。

「這是『最終的審判』。」洛伊手上的指環熠熠生輝，旋轉的速度與光芒成正比顯現。

「最終的審判」是鎖鍊能力的第三招式，天秤右方秤盤所依據的基準是世間萬物訂立的司法條例，而左方秤盤所衡量的是被審判者當今所犯下的所有罪孽，只要罪孽越深，天秤便會越往左傾斜，而這些導致傾斜的重量將會如實反映在被審判者身上。

也就是所謂的「重力」改變。

「哼，開什麼玩笑！如果真要論罪孽深重，你也絕不可能比我還輕！」

月吃力地撐起身子，試圖抵抗從上方落下的沉重壓力，無奈如同堆疊襲來的萬噸山石不斷增加它的重量，迫使蒼狼最引以為傲的速度在此刻也形成劣勢，假若無法澈

底擺脫重力干擾，那麼對月來說自己根本只有被壓在地上的份而已。

突然，從地面鑽出的兩排鎖鍊用極快的速度以交叉方式將月的四肢固定在原處，而這措手不及的舉動頓時讓勉強撐起身體的月再度應聲趴地，完全動彈不得。

糟了，該不會他們要……

「羽芊，把盒子打開！」

洛伊的呼喊證實了月的猜測，只見羽芊將檀木盒打開後，數把小巧精緻的銀刃在月光的照射下竟泛出銀光，如月光般皎潔的銀色刃面開始凝聚美麗光輝，一股巨大的神祕氣旋陡然自盒內升起，強大的冰涼氣流剎那間劃破時空的縫隙，一道由璀璨冰晶與狂亂旋風組成的白色閃電頓時從時空迸現，直接向蒼狼後方的米珈娜疾行而去。

「你們兩個休想得逞！」

月的一聲怒吼霎時響徹雲霄，原本牢固的鍊條在牠無法遏止的憤怒下瞬間扯斷，加諸在牠身上的重力此刻彷彿消失了一般，幾乎是用盡所有力氣的牠毫不猶豫往上奮力一躍。

牠張口，一顆凝聚而成的白色光球從口中向閃電的方向射出，兩股相反的力量在

高速對撞之後於空中形成強烈風暴，從這樣的結果來看便能得知雙方的威力其實都不容小覷。

或者說，雙方都沒有使出全力。

「小鬼，你們這次真的把我給惹毛了。」

月的眼神驀地一沉，眼裡多了一股嗜殺的狂傲。

「只要誰敢動米珈娜一根寒毛，我就要讓那個人死千千萬萬次。」

沒有任何思考、沒有任何猶豫，面對米珈娜的攻勢雅若一直採取防禦手段，但這樣的情形並不代表她只會閃躲，因為慌亂的情緒容易導致判斷錯誤，對於眼前的局勢她不認為自己只有挨打的份而已。

沉默應對，一直是她為人處世的原則之一。

「唉呀呀，沒想到妳的夥伴還挺擔心妳的嘛！看他們那副著急的模樣，我都不禁為他們的處境感到擔憂啊。」

米珈娜的心情看起來十分愉悅，不斷從法陣幻化出來的武器紛紛向雅若進行擊殺，幾乎不留給人任何喘息的空間。「不過說真的，他們似乎弄錯了一點：要是身為

死神的妳只有這點能耐，我相信其他死神大概也沒有存在的資格了。」

「米珈娜，沒想到妳對我們的身分及實力還挺了解的。」

雅若右手一揮，本該擊中她的刀劍槍棍通通都在頃刻間化為無形，冷靜的她並不會因為受到對方言語干擾與挑釁導致內心產生動搖，身經百戰的她很清楚早已心如止水的自己絕不可能如此輕易被敵人找到破綻。

本來應該是這樣子的才對。

「那當然，對於妳的一切我可是再清楚不過了。」

米珈娜露出一抹意味深長的微笑，「在鮮血與憎恨中綻放的緋紅花朵，並不常見呦。」

「赤燄！」

像是觸碰到對方的底線，一向冷靜的雅若突然朝前方大聲一喊，原本插在地上名為赤燄的赤棕色鐮刀彷彿具有意識般，毫不猶豫迅速飛回雅若手中，只是這一次不太一樣，赤燄本身竟然開始發出如血般鮮豔的紅光。

一滴滴猶如歌泣的血淚紛紛從赤燄身上流下，鬼哭神號般的悲鳴也在同一時刻悄

悄響起，只不過是一眨眼的時間便化成好幾道銳利的紅光，以迅雷不及掩耳的速度直接衝破武器群的包圍，在對方詫異之餘最後鉗住米珈娜的咽喉。

下一秒，雅若手持赤燄抵住米珈娜的脖子，表情漠然。

「妳不該知道這麼多的。」

本該顫抖的聲音此刻聽來卻格外平靜，被揭露的祕密如海水般再一次灌進腦海，縱使事隔百年，同樣的憎恨與悲痛依然是那麼的熱鐵烙膚，再怎麼說這件事不可能也不該有其他人知曉才對，更別提還會有人比自己更了解那些曾遭遇過的屈辱了。

獨自背負百年來努力走過的艱辛，為了完成當初的宿願，她到現在仍一直咬牙苦撐著，就是為了總有一天能夠再回到她的放逐之地，她絕對不允許任何人在她面前提起那段不堪回首的往事！

「米珈娜，妳到底是誰？」像是最後的裁決，那冷酷的聲音讓周圍溫度急速下降，猶如死前的靜寂。

「妳說我嗎？」

米珈娜笑得十分嫵媚，手指輕輕觸著赤棕色鐮刀的刀面，彷彿這樣的魅惑一直是

她與生俱來的特性。

或者說，經過幾番輪迴後依舊不曾改變的本質。

「我啊，可是會讓妳魂飛魄散的夢魘呀。」

剎那間，米珈娜的指尖幻化出威力強大的爆流破，在爆炸的威力下迅速將對方彈開，也再一次拉開彼此的距離。

米珈娜的反擊並不是沒有在雅若的計算當中，只不過目前比較令她在意的是對方口中所說的「魂飛魄散」這四個字，雖然雅若不是很清楚對方為何要這麼說，但不知道為什麼她隱隱約約感覺到這四個字對她來說似乎意義非凡，甚至是一件烙印在她生命記憶裡、無論如何都得回想起的重要大事。

究竟，米珈娜到底是何方神聖？這一點，她一直摸不清。

「沒用的，妳的記憶要是無法恢復，即使想破頭一樣得不到妳想知道的答案。」

米珈娜迅速抽出腰間的皮鞭，直接向雅若的方向橫掃過去，和對付洛伊時的情況不同，此時鞭子上頭的尖銳倒刺竟有著如藍色星河那般閃耀的熠熠光輝，它直接纏繞住赤棕色鐮刀的刀柄，讓赤燄開始冒出一陣又一陣詭異的白煙與滋滋聲。

那條鞭子所浸染過的液體，藏了所有死神最為忌憚的禁忌。

雅若死命抓著赤餤不放，企圖想擺脫對方的束縛，無奈米珈娜的鞭子卻是越拉越緊，不斷發出的滋滋聲則是越發響亮，如同被腐蝕般讓人不得不正視它的嚴重性。

而那股陷入苦戰的焦慮感，雅若是頭一次感受到。

「我說妳呀，應該不可能只有這點本事吧，能夠被譽為眾死神中最冷酷無情的代表，實力與決斷能力絕對不可能和現在一樣。」

突然，她露出一個詭異的笑容，就如同她那不可捉摸的性情，帶了點狡詐與幾分自信。

「還是說，妳其實是有所顧忌呢？」

這一句話像是向雅若襲來的萬噸鋼鎚，直接重重抨擊在她的心上，讓她一時之間愣在原地，而這為之一震的舉動也間接印證了米珈娜的猜測。

對死神來說，所有的事前準備與行動都只是為了完成自身職責所賦予的任務，一旦出現阻礙任務進行的敵人，依照慣例無論採取任何手段解決都算是任務的一環，因此為了盡速達成目標，通常死神是不會出現猶豫或者計較後果的情形。

因為，死神是沒有情感的存在，所以祂們不會出現悲天憫人或者有什麼後顧之憂，只要是為了自身的任務，即便要用三百條人命換取目標死亡那也不為過。

畢竟，那只不過是場「意外」罷了。

對死神來說根本是可有可無的存在。

沒有任何死神需要為自己的「無心之舉」負責。

「怎麼啦，我記得每個死神都會有一個專屬自己的絕技才對，妳要是不趕快像以前那樣認真對付我，在我面前妳是不會有任何勝算的。噢，抱歉我忘了，妳的朋友都還在一旁奮鬥著呢！」

她的話彷彿一雙透明大手緊緊攫住雅若的心臟，一字一句都是那麼地犀利、那麼地直逼重點，讓對方只能節節敗退，甚至差點要喘不過氣來，但沒想到的是米珈娜的下一句話竟然直接點破了雅若此時最不願面對的真相。

「妳的能力只能用來殺戮，並不能保護其他人。」

第一次，雅若聽見內心深處似乎有什麼東西碎裂，那清脆響亮的聲音不斷反覆衝擊著她的耳膜，一股不知名的情緒開始悄悄從縫隙滲入、擴散，最後渲染成一片難以

言喻的悸動。

死神所需要的，是足以斬斷一切阻礙的強大力量，而真正完全繼承這個理念的人，至始至終只有雅若一個，也是歷史上唯一的代表，那一身沐浴在緋紅底下的鮮明身影就是最顯著的象徵。

對以鮮血及憎恨所澆灌的殘破靈魂來說，那股發自內心的強烈恨意是促使自己發揮更強大力量與努力生存的動力，如同源源不絕的海水恣意傾瀉而出，為了完成她的職責、她的堅持，憎恨使她選擇將自己浸淫在黑暗之中，那恨之入骨的複雜情緒間接成為她無比強大的力量，在殺與被殺之中，她知道唯有殺戮才能使她獲得重生，以及嚮往許久的自由。

她的能力只能用來殺戮，只能讓同伴在鮮血的洗禮下投奔絕望，在反覆的痛苦中不斷掙扎，最後闔眼於死亡的懷抱當中……

不、不該是這樣子的。

雅若抬頭，盡收眼底的是刀柄被腐蝕一半的赤鎩，以及米珈娜勝券在握的笑顏。是從什麼時候開始她在意起自己的能力了？

是怎樣的人事物讓她選擇思考「保護」二字的意義？

她還記得自己第一次執行任務時，為了收回一個名冊上的魂魄，她毫不留情直接手刃周圍所有妨礙她進行作業的閒雜人等，當時還在湖水的倒映中看見冷酷的自己揚起一抹殘忍的微笑，現在回想起來那段日子彷彿是幾天前所發生的事情而已，為何現在的自己會出現如此大的轉變？

是以前的她被仇恨蒙蔽了雙眼，還是說她只是不斷欺騙自己並不需要這些多餘的情感？

她已經快弄不清楚了。

「看來，已經是極限了。」

米珈娜冰冷的目光掃過雅若全身，最後定格在對方那雙令她感到熟悉的眼睛上，在那樣深沉的紫色眼眸中，雅若看見了米珈娜那股對她藏也藏不住的殺意，以及——不該出現的一絲哀悽。

為什麼？為什麼要露出那樣的表情呢？雅若不禁開始困惑，卻也沒能問出口。

「妳即使成為死神，還是無法學會冷眼旁觀嗎？」

米珈娜闔上雙目，靜靜說著。「看在我們之前的情分，我已經給過妳最寬容的仁慈了，只不過沒想到妳到頭來還是堅持將自己推進萬劫不復的深淵，從這點來看，我對妳已經算是仁至義盡了。」

「接下來，就請妳好好安息吧。」

像是最後宣告的預言，雅若突然嗅到一股既陌生又熟悉的味道，好似在遙遠的天邊，又有著近如咫尺般的錯覺，這不禁讓她的神情開始有些恍惚，真實與虛幻的影子不斷在瞳孔中重疊交錯，她甚至發現眼前米珈娜的身影越來越模糊、越來越不真實……

等到她澈底回過神時，周圍的場景早就與她記憶中的世界完全不同，取而代之的是腳下不斷拍打上來的白色浪花，以及不曾停歇過的鹹鹹海風。

站在堤岸上，放眼望去的是一片一望無際的大海，橘黃色的天空此時看來是多麼的美麗耀眼，於天邊漫成極具層次感的色塊，乍看之下現在的時間應該是黃昏時分。

雅若撥開前額的瀏海，那股黏膩與潮溼感在手上揮之不去，沁入鼻中的是帶點腥味的海風，如果說這不斷呼嘯而來的風聲只是刻意營造出來的幻影，那麼又是怎樣細

膩的手法才能將當中惱人的黏膩發揮到淋漓盡致呢？

這樣的世界，不該是她熟悉的一切才對。

「Alvira，妳怎麼還站在那裡發呆呢？」

突然，一道爽朗的笑聲自不遠處傳來，讓處於驚訝當中的雅若不得不轉身看向聲音來源，曾經被塵封在深處的記憶枷鎖再度被打開，映入眼簾的是一名有著雪白鬍子的老人，彎月般瞇起來的眼睛是一向和藹的他的特色。

這一些，雅若都不曾忘過。

「怎麼啦？該不會還在氣我早上不帶妳去採桑果吧？」他笑著，習慣性地用手摸了摸他的鬍子。「如果妳堅持要去，那明日一早我們就啟程吧，到時候妳可別賴床爬不起來啊。」

Alvira啊……雅若苦澀地笑了一下，眼瞳逐漸有水霧升起。

已經很久沒人這麼稱呼她了。

望著對方的笑顏，其實對於這個世界是真是假雅若已經不想去探究了，如果說人心的脆弱源自於內心所封閉的記憶，那麼那些不可觸及的過去就是她永遠無法擺脫的

致命傷吧。

「Alvira姐姐，妳看我撿到好多好多的松果喔。」

夕陽西下，有一個嬌小的身影從反方向跑了過來，溫暖的橙色光暉從他的頭頂灑落，伴隨一旁的枝椏，將他的影子拉得又細又長，有一瞬間雅若以為自己看見幻覺了。

他用上衣下擺把滿滿的松果盛裝起來，臉上有著無比得意。「我跟妳說喔，這些都是我一個人撿到的，這一次神父可沒有幫我哦！」

「你還真敢說，也不知道是誰又在林子裡迷路，費了好一番功夫才找到出路呢。」

「神父你好過分！你答應我不告訴Alvira姐姐的！」

「哈哈哈，我確實答應過你，所以這一次可沒特別指名道姓呦。」

「過分過分過分你真的是太過分了啦！」

沒有絲毫差異，沒有任何破綻，眼前二人的舉止言談都曾是她最熟悉的一切，現在看來，她彷彿只不過是回到那段熟稔的時光，再一次浸染在曾走過的溫柔歲月。

如果她選擇沉淪，那麼耽溺過往是否會成為她一輩子規避不了的責任呢？

「Joe、Adam……」

不知道為什麼，從喉中發出的是早已不可遏止的哽咽，久違的兩個名字緩緩從腦海浮現，有那麼一瞬間她發現眼前的景象開始模糊了起來。

「Alvira，該回家囉。」

老人向雅若伸出手，眼神依舊和記憶中一樣溫柔。「走吧，該回去了。」

「Alvira姐姐，待會我們來做松果項鍊，妳一條、我一條、神父一條，剩下的就分給村子裡的其他孩子吧。」

小男孩笑得十分燦爛，和著美麗的夕陽餘暉，形成一幅絕美畫境。

「我們一起走吧。」

一起走是嗎……雅若笑著，眼底有晶瑩的水珠開始恣意流轉，雖然她和兩人的距離只有幾步之遠，但看在雅若眼中卻有如百里那般遙遠。

其實只要勇敢跨出一步，她就可以再回到她朝思暮想的村子，繼續當兩人口中的Alvira、繼續過著只屬於她的幸福，這麼一來，她就不需要被她所厭惡的一切束縛了。

只要，跨出一步就好……雅若緩緩伸出手，映在眼瞳上的是藏於記憶裡最美好的

瞬間。

只可惜，她的勇氣早已被恆常的歲月消磨殆盡，唯一遺留下來的，是腦中逐漸淡去的影子。

她已經回不去了。

「赤欻！」

剎那間，抹去淚水的雅若不再是先前的模樣，取而代之的是冷漠與肅殺，她高舉著右手，左上方的天空竟然在瞬間破了一個大洞，從裡頭飛出的一把赤棕色鐮刀直接掃過小男孩頸部，將眼前如紙般的美麗畫面澈底撕毀。

如果我選擇回到過去，那之前所承受的痛苦與屈辱又怎能簡單地一筆勾銷呢？

她冷笑，卻倔強的仰起頭，不願讓眼中即將滿載的液體隨地心引力滑落。

過去的事就讓它過去吧，她早就已經拋棄Alvira這個名字了。

她的過去，已經沒有什麼值得留戀的人事物了。

也在同一時間，一個金屬製的迴力鏢劃破天空的格局，將周圍營造出來的景象割出好幾道裂痕，當迴力鏢將老人的身影一分為二的同時，整個空間如瓦片般一起碎

裂、瓦解，最後在記憶碎片破滅後化為粉塵隨風揚散而去，當雅若再度睜眼時，她已經回到原本的世界了。

「雅若，妳要怎麼做都隨妳，妳不用擔心我們！」

彷彿早已知曉雅若心中的顧慮，宛竹及啟暉兩人大聲對雅若喊著，而那協助雅若脫離幻境而擲出的金屬迴力鏢便是兩人決心的鐵證。

「雅若，我們這邊沒問題的，妳放心吧！」

羽芊在洛伊的保護下及時閃過蒼狼的獠牙，心有靈犀之下，她抬頭望向雅若的位置，給對方一個肯定的笑容。「我們不會有事的。」

聽著大家給她的答覆，雅若的嘴角緩緩上揚，她知道這是眾人特別給她的一次機會，而她的顧慮也在大家打了一劑強心針後逐漸消散，眼中的迷惘也被堅定的心志所取代。

可以的。她在心中對自己喊著，握住鐮刀的雙手也越來越緊。

這一次，她一定可以。

「既然能夠決心拋下自己的過往，想必妳應該也有相當程度的覺悟才對。這一

點，妳值得我尊敬。」

米珈娜的身邊環繞著好幾個看似球狀的銀色物體，藍紫色的螢光不斷從球體發散，它們擦撞彼此表面時所發出的清脆聲猶如響亮的銀鈴，碰撞產生的頻率不斷在耳邊產生嗡嗡嗡的干擾，在虛實之間不斷交錯呈現。

「不過，那也僅止於此而已，那股潛藏在妳體內的憎恨所幻化而成的力量有多驚人，我想妳應該不會不知情，既然如此，現在的妳還有辦法拿出真本事來對付我嗎？」

「當然可以。」

望著米珈娜的雙眼，雅若斬釘截鐵地回答著。「縱使我成為了死神，我依舊在這條路上保持清醒，即使得面對眾人的指責，我一樣會選擇我認為正確的道路前行。

「只要有人肯相信，我就願意放手一搏。」

眾人皆醉汝獨醒是嗎……妳那固執的性格還真是一點都沒變啊。米珈娜的眼睫毛輕顫，拂去了心頭的陰霾，也讓她明白自己的執著究竟何在。

這千年來的輪迴，帶給她的到底是憎恨還是反省，也許她從沒注意過吧。

之所以會選擇怨恨，是因為當年的那件事讓她落到如此地步，還是說自己早已在不知不覺中與對方形同陌路？

說不定，她內心最渴望的並不是向對方展開報復，而是獲得救贖。

她所尋求的解脫，並非殺戮所能給予的。

「既然如此，那妳就盡妳所能來殺我吧！」

米珈娜笑著，食指輕輕觸著唇邊。「如果能死在妳的手上，那將會是我莫大的榮幸。」

就在同一時間，米珈娜的另一隻手直接向外劃出一個半弧形，於半空中環繞漂浮的銀色球體彷彿有所感應，隨著既定軌道舞出屬於自己的步伐，最後定格在各自的位置上。

突然，一陣向意識襲來的強烈音波開始在耳邊嗡嗡作響，和先前那股擾人的干擾不同，這一次的頻率強度完全採等比級數提升，一直聞風不動的雅若不禁開始面露難色，就連站在一旁的羽芊等人也受到波及，她們痛苦的用手摀住雙耳想抵制這外來的傷害，但伴隨而來的卻是耳膜即將撕裂的痛楚。

無聲的咿啞，撕毀的鳴音。

努力承受魔音穿腦的最後代價，是從此以後都得活在完全失去聲音的世界。

而米珈娜送給雅若的禮物，是名為痛不欲生的絕望。

打從一開始，她根本就沒有和雅若正面交手的意圖。

對付敵人最好的辦法，就是傷害對方最重要的人。

這一點，一直沒有多少人能領悟。

「啪」的一聲，猶如絲線經過一番拉扯後瞬間斷裂，跪坐在地上的宛竹突然仰起頭來，兩道鮮紅色的液體紛紛從耳內緩緩流出，她愣愣地看著自己沾滿殷紅的雙手，緊接著將視線挪往雅若的方向，發現對方一直緊握著赤棕色鐮刀，卻遲遲不肯出手。

像是想到什麼重要的事，宛竹向同樣身陷於痛苦當中的啟暉使了個眼色，兩人不斷在心中默數著拍子，等到讀到某個秒數時，啟暉突然一隻手摀住左耳、另一隻手高舉著長槍，用僅存的力氣將術式寫進槍枝後向天空發射。

劃破雲層的紫色光芒以自身為中心點向外發散，從空中向下延伸的光輝就此形成一個紫色防護罩，暫時阻斷音波干擾。同一時間，宛竹迅速拿起啟暉的另一把槍往羽

芊二人的正上空扣下扳機，相同的光芒在落下後也形成一層防護將兩人完全罩住。

異口同聲的焦急與心意霎時傳入對方耳中，雙眼頓時蒙上一層冷酷的雅若突然使出好幾個蹬地後空翻，直接將與米珈娜的距離拉開到最大，緋紅色的身影猶如在空中起舞的美麗花朵，一簇簇如烈火般旺盛的紅蓮在她踩踏過的空間恣意綻放，最後幻化成熊熊烈燄隨著她的步伐延燒成一片火海。

「雅若趁現在！」

那是來自地獄的業火，也是埋藏在她身上已久的憎恨之火。

金色的火粉輝映在赤燄的銀色刀身上，長柄末端鑲著的祖母綠此時竟發出耀眼的綠光，像是即將迎來的盛大演出，雅若輕輕踩著腳下的烈火躍至上空，於半空中迴轉的她手持那把赤棕色的鐮刀，最後在落地前直接對準米珈娜的方向用力揮下！

那是，死神的迴旋舞。

猶如歌泣後的悲鳴，亦如死神本身無法忽視的強大恨意，經由赤燄劃開的悲憤與憎恨剎那間匯聚成巨大力量，原本美麗的星空頓時被濃厚雲層遍布，從空中不斷落下的絳紅色雷電猶如具有強大殺傷力的恐怖光束，竟然開始瘋狂的對現場生靈進行無差

別攻擊。

被釋放的強烈恨意瞬間衝破紫色防護，如血般鮮豔的雷電筆直地打在宛竹和啟暉身上，縱使兩人將身為Hunter的專屬武器壓至頭頂想辦法抵擋這波強烈衝擊，那股壓倒性勝利的力量終究還是敵過兩人最後的防線，從喉中湧出的甜腥直接在地上漫成一朵又一朵美麗的血花。

第一批的落雷降下時，羽芊幾乎是下意識地用手護住頭部，待她睜開眼時，她發現自己並沒有被雷電擊中，因為洛伊在第一時間是直接用身子護住羽芊代替她承受這些猛烈攻擊，上方由鎖鍊幻化而成的鐵牆早已被強大力道衝破，迎來的是不曾停歇的噩夢輪迴。

望著因咬牙忍痛而臉部逐漸扭曲的洛伊，只能愣在原地的羽芊知道這股潛藏於死神身上的憤怒是有多麼強大，從雅若方才的顧慮便可得知這股能量一旦釋放後會有多麼一發不可收拾。

她看著揣於懷中的Secret，再看看從天上不斷狠狠打下來的絳紅色雷電。

縱使不清楚那數把銀刃的能力究竟該如何發動，她的直覺還是告訴自己有個方法

或許行得通才對，只要她願意去嘗試。

羽芊知道，彼此的默契是考驗抓準最佳時機的時候。

無止盡的落雷，無止息的憎恨。

在米珈娜眼中，她看見的是被一片火海恣意摧殘的人間煉獄。

絕望，卻又不失人性。

而這樣有趣的場景，令她不禁想放聲大笑。

多麼美麗的畫面啊。她在心中讚嘆著，臉上泛起一抹醉心的紅霞。

這樣的世界，才是她最喜歡的一面。

漂浮在身旁的銀色球體於上方劃出一層防護，並且隨著米珈娜的行動變換位置與範圍，縱使銀色球體的數量因被擊中而開始減少，她依然不為此感到憂心，因為她知道這場生靈擊殺戰是有時間限制的，以她的能力要撐到這場廝殺結束並不算困難。

只要想辦法避開就行了。米珈娜冷笑，俐落的身手讓她逐漸掌握到落雷的節奏。

早就在十幾年前的那個夜晚她已經摸清楚對方的能力了，她絕對不可能就這麼輕易認輸。

「喀噹！」

像是無預警的突發事故，一道熟悉的聲音頓時傳入米珈娜耳中，讓她不由得當場愣了一下。

奇怪，這是什麼聲音？

米珈娜低下頭，卻發現有好幾條鎖鍊早已從土內鑽出，在不知不覺的情況下直接將她的雙腳重重纏繞住，完全動彈不得。

她嘗試移動步伐，但腳上的鎖鍊宛如千斤重的鋼鐵，讓她怎樣也無法順利行動。不可能。望著腳上的銀色鍊條，米珈娜不可置信地想擺脫對方的束縛。

在她的眼下，對方怎麼可能有辦法趁她不注意時開始佈局呢！

彷彿盤算已久的計謀，原本在洛伊身下的羽芊突然將手上的檀木盒對準上空落雷的方向、直接用力往天空扔去，於半空中迴旋的木盒因離心力的作用下盒內的數把銀刃被拋了出來，就在絳紅色雷電即將觸碰到Secret的銀色刃面時，一道張啟的結界突然將Secret團團包住，銀白色的身影在強大恨意的釋放下激盪出美麗的璀璨光輝，暫時擋下這次的攻擊。

同一時間，洛伊一刻也不敢鬆懈，他用力扯下戴在無名指上的銀色指環，用盡全力將它往米珈娜的位置丟去，當指環觸碰到米珈娜的瞬間，猶如金屬撞擊時發出的清脆聲，「叮」的一聲讓聽見熟悉音調的米珈娜不禁愣了一下，也讓地底下源源不絕的鎖鍊鑽出地面，將她的雙腳完完全全禁錮住。

不可能！不該是這樣子的！這一切都在她的計算中才對啊！

米珈娜歇斯底里地大叫，她慌張地蹲下身想用手解開腳上的鍊條，無奈即使塗著紅色蔻丹的指甲早已被折斷，甚至開始滲出血絲，卻怎樣也無法扯開這些越發緊實的鎖鍊。

「自大妄為，是妳必須接受『天懲』的起因。」

洛伊嘔出最後一口鮮血，臉上有著一抹慘澹的笑容。「這一些，亞理莎早就告訴過妳，只可惜妳已經不是我們認識的那個米珈娜了。」

「當年我們熟悉的妳，早已被自身的負面情緒所扼殺了。」

已經不再是自己了……是嗎？米珈娜頓了好一會兒，這才終於放棄掙脫的念頭。

她抬頭，望著上方準備向她襲來的絳紅色雷電，她突然想起在很遙遠的記憶裡，

她第一次和亞理莎一起觀賞流星雨時的場景。

那個時候，她們還是很要好的朋友。

那個時候，她還不懂得嫉妒和憎恨是什麼感覺。

那個時候，她還保有最真實的自己。

那個時候，流星雨也和眼前的這般景致一樣美麗。

尾聲

當所有的事情暫時告一段落後，再度回到學校上課的雅若已經沒了先前死神的肅殺之氣，她將自身情緒暫且收了起來，為的是不要影響她所接觸的人群，當她看見班上仍是一片和樂融融的氣氛時，內心的那塊大石終於放了下來。

那天晚上，雖然米珈娜召喚出來的蒼狼都在同一時間與施術者一同消失，但雅若內心依然對此抱持著懷疑的態度，她猜想也許那兩隻蒼狼並非因為施術者倒下才回到自己所屬的空間，而是米珈娜刻意抓準時機中止術式，要不然對方怎麼會在那波絳紅色雷電的猛烈攻擊後也跟著失去蹤影呢？

這一連串的巧合，都不禁令人開始推敲當中是否有什麼關聯性。

不管結論如何，雅若還是將這件事呈報給上級單

位，一來是為了協助調查現今究竟有多少血族參與了奪取人類魂魄的計畫，二來是希望上級單位能夠結合其他死神的力量密切關注米珈娜的行蹤。

畢竟，米珈娜失蹤這件事非同小可，她的行蹤成了謎，日後會採取怎樣的行動依然是未知數。

為了避免讓她的朋友再度陷入危險，雅若說什麼也不允許這顆不定時炸彈成為她們未來的隱憂。

蕙琪和仁美兩人從那天起便失去了蹤影，雖然雅若不清楚當中究竟發生了什麼事，不過她還是暗自將這件事記下，打算日後慢慢找出真相。

也算是，給她和羽芊一個交代。

現在，雅若手捧兩束鮮花與兩籃水果站在病房門口，而裡頭上演的全武行讓她不禁開始猶豫現在她是要跟敢死隊一樣一起加入戰局，還是假裝路人默默路過比較好。

「洪啟暉你為什麼偷玩我的Xbox One？你不知道偷玩別人的遊戲會變成小狗嗎？不對，這麼講簡直是在侮辱小狗！」

「顏宛竹所有人就只有妳最沒資格講這句話！妳偷吃我藏在枕頭下的泡麵這筆帳

我還沒跟妳算呢！把我珍藏已久的泡麵還來！」

「你還敢說！那碗控肉麵明明就是老師和同學帶來探病的慰問禮，你憑什麼自己一個人『暗槓』起來！」

「那妳把豚骨拉麵交出來啊！」

「你想得美！」

在一片刀光劍影中，雅若目睹了萬物齊飛的壯觀場面，裝在牆上的液晶螢幕正播映著啟暉方才玩的遊戲畫面，畫面中的一男一女不斷施展各種招式、極盡所能地打算把對方打倒，湊巧的是不知道為什麼遊戲人物的一舉一動竟然會和眼前的兩人動作完全一致，這不禁讓雅若開始懷疑這款遊戲根本就是為他們兩個量身訂做。

也許是長時間下來三不五時被鍛鍊的成果，也有可能是那兩人吵架時都能精準地避開被波及的路徑，雅若就這樣默默提著水果與鮮花走到兩人的病床之間，神奇的是她完全沒有被在空中肆虐的任何「凶器」擊中。

「雅若，妳來探望我真是太好了，妳知道與妳分開的這幾天我晚上都久久無法入眠嗎？」宛竹率先跳下床，直接給雅若一個大大的熊抱，還不忘咬著一條手帕輕輕

拭淚。

「我親愛的小雅若，讓妳大老遠跑來探望我真是辛苦妳了，不過我相信我們兩個之間堅定的情誼一定能在老天爺的作主下跨越距離的障礙。」啟暉單膝跪下，緩緩牽起對方的左手，用脈脈含情的目光不斷注視著雅若的雙眸。

嗯，看樣子你們兩個已經恢復得差不多了……

瞬間被兩人夾攻差點成為夾心餅乾的雅若在心裡默默吐槽，莫般無奈地在原地繼續維持著詭異的姿勢，此時要是有其他人進來，她覺得「這間病房住的不是正常人」等等諸如此類的謠言一定很快在醫院傳開。

不過說實在話，看見宛竹和啟暉生龍活虎的模樣，雅若心裡其實還是挺高興的。

那天晚上，雖然大家一致打包票要雅若別擔心，但當她看見兩人所設置的防護被自己力量所衝破的當下，她的腦袋有一刻幾乎是暫停思考，尤其是在地板被兩人漫成一片又一片無止盡血花的時候，那股幾近崩潰的情緒不斷在心裡滋生、高漲，她的理智讓自己差點陷入仇恨的漩渦。

現在回想起來，雅若很慶幸自己最後沒有在現場失控，否則眼前的這般景致她想

今生應該是沒有機會再見到了。

以前的她即使失控造成大批人員傷亡眼睛也不見得會眨一下，但現在的她已經和從前不一樣了，她不可能放任她朋友的性命安全不管繼續執行死神的工作。

也許，在將來的某一天這將成為她最大的致命傷，即使如此，她相信到了那天再回想起整件事時自己依然不曾後悔過。

他們兩個，讓她澈底明白在這幾百年的歲月裡，其實她並不是只能孤單一人。

「……對不起。」

雅若小聲地說著，為那天連自己都無法掌握的力量道歉。

其中，也包括她的能力無法用來保護這點。

「呃，其實妳根本不用向我們道歉啦……」

面對雅若突如其來的舉動，宛竹和啟暉只能面面相覷，不好意思地搔了搔頭。

「追根究柢起來，真正該檢討的是我們兩個才對，我們的實力目前還太弱，看起來有必要加強訓練才行。」啟暉摸了摸下巴，非常難得地宛竹竟然在一旁猛點頭，還思考了一下日後的因應對策。

「扛沙包跑五十公里、矇眼射擊與散打感應訓練、五公尺彈跳能力增強……姓洪的，你覺得要不要再加一項到亞馬遜河與鱷魚搏鬥啊？」

「這主意不錯，姓顏的，出院後我們再把訓練清單列出來給大人過目吧，相信他們一定會很高興批准的。」

……最好他們看到你們列出來的訓練項目會很高興啦！還有，等你們完成那些訓練後還算是正常人嗎？拜託你們不要再挑戰我的認知極限了！

要不是他們沒有立刻拿出紙筆記錄方才討論的內容，雅若覺得自己鐵定第一個衝上前將那張紙澈底揉個稀巴爛。

不過換個角度仔細想，宛竹和啟暉各方面確實離正常人這個目標有很大的距離，既然如此，那她該放手一搏隨他們去嗎？

想到這裡，雅若立馬搖頭否決這個念頭，要是真的放任那兩人去做這麼危險的事，這伴隨而來的蝴蝶效應恐怕不是她能想像的後果。

比如說，亞馬遜河的鱷魚在一夜之間舉族遷徙之類的。

現在，忍不住為未來開始感到擔憂的雅若認為她目前的首要任務只有一項，那就

是——

即使會過勞死也要拚命監督那兩人的行動以免發生危害人間的憾事！

就在雅若默默思考著未來的處事方針時，她突然聽見房內似乎多了一些細微的窸窣聲，她循著聲音的來源環顧四周，一扇不甚明顯的小門驀地映入眼簾。

怪了，這扇門是做什麼用的？

病房內已經有通往外面及廁所的門了，既然如此，那扇門扉後面究竟有什麼東西呢？而且，那窸窸窣窣的聲音正是從那裡頭傳來的。

禁不住一時的好奇心，雅若慢慢往那扇門的方向移動。

◆

「你的身體有好點嗎？」

病房內，一道帶點愧疚的女聲輕輕問著，若不是她臉上此時有些憂慮，很難察覺到這絲問候中其實夾雜了不少殷殷關切。

「我沒什麼大礙，倒是妳膝蓋上的擦傷還疼嗎？要是有哪裡不舒服儘管說出來沒關係，我馬上叫醫生和護理師過來。」

「不、不用這麼麻煩啦！傷口若不痛那哪叫傷口啊？」

坐在隔壁病床上的羽芊連忙擺了擺手，深怕只要她一不注意洛伊真的會三不五時把醫生抓過來問候，她看著洛伊一臉正經的臉孔，開始回想自己究竟從什麼時候開始她在對方心目中已是這般柔弱的形象。

她不都是走展現Man Power的風格嗎？怎麼一下子就全走樣了呢？

羽芊忍不住想仰天長嘯，對於自己無法擺脫的偶像包袱感到十分惋惜。

在所有事情告一段落後，她和洛伊當晚就被送到這間醫院急救，由於洛伊內臟破裂造成大量出血，所以只能趕緊推進手術房進行搶救。

至於羽芊就比較幸運了，託洛伊的福她全身上下只有輕微的破皮及擦傷，基本上並沒什麼大礙，不過不知道為什麼醫生還是以半強迫的方式堅持要她住院觀察一陣子，因此她這個沒什麼重大病痛的傷患只好乖乖留下以確保無後顧之憂。

而這就是為何羽芊一直懷疑自己是否佔用醫療資源的前後起因。

「丫頭，想什麼事這麼出神？」

洛伊咧開嘴笑著，似乎對羽芊愣愣的模樣很感興趣。

雖然他起先是因為內臟出血而被送進急診室，不過身為吸血鬼體質和人類相比還是有很大的不同，比方說恢復力之類的。

現在，洛伊的身體和之前比起來至少已經好了一大半，只不過這件事他並不打算讓羽芊知道，畢竟——

有人來關心自己這種感覺還挺不賴的。

更何況，這幾天看羽芊這麼擔心他的模樣，讓他有好幾次不由得在內心暗自竊喜，若不是自己演技過人，憋笑憋到內傷鐵定是早晚的事。

就這樣繼續維持現狀吧。洛伊心想著，嘴角的弧度再度偷偷上揚。

反正來日方長，他也不急於一時非得要對方立刻履行承諾不可。

看見洛伊藏於冰藍色眼眸中的笑意，羽芊從原本的發楞轉變成狐疑，她瞇著眼盯著對方瞧，待目光仔細掃過洛伊的全身上下後，即便沒有察覺任何異狀，但她總覺得對方一定正盤算著什麼可惡的計畫。

「這句話應該由我來說才對，你剛剛的表情不太正常，你是不是又在打什麼鬼主意了？」

嗯，女人的第六感一向很強，這一點他總算是見識到了。洛伊摸了摸下巴，開始思考要是他說實話羽芊會暴怒的機率有多少。

正當他猶豫是否該說出事實時，羽芊像是突然想到什麼，隨後將視線轉往他處。

「算了，反正我也不是那麼在乎，就當作沒這件事吧。」

望著羽芊的笑容，洛伊深深覺得自己被對方打敗了，好不容易才下定決心要說出真相，怎麼立馬就變了卦呢？這小妮子還真是讓人摸不透啊。

洛伊伸手趁機將對方的頭髮揉亂，等到對方又叫又跳氣呼呼地瞪著他時，那股逗弄對方的熟悉感讓他再次確定了自己的心意。

「時間過得真快，轉眼間已經過了十幾年了……」他喃喃自語，眼裡卻是飽含笑意，而這突如其來的一句話倒是讓在場的羽芊感到一頭霧水。

「蛤？什麼意思啊？」

「沒事。」

洛伊趁機伸了個懶腰，「我只是在想我未來的新娘還真是一點都沒變啊。」

「新新新新新……新娘?! 喂！我什麼時候說過要嫁給你了！你用點腦子好嗎我現在才高二耶！」

凡事都落落大方的羽芊一聽見「新娘」二字竟然開始結巴，臉「唰」的一下馬上和煮熟的蝦子一樣紅，她像隻鴕鳥將自己的頭甚至是全身埋進被窩，並且將自己與洛伊間的距離拉開到最大，全身上下完全充滿了警戒意味。

開玩笑，她怎麼可能會去嫁給一個不知道是活了百年還是千年的老妖怪啊？更何況，她在對方眼裡充其量不過是個長不大的小ㄚ頭罷了，結婚這碼子事絕對絕對絕對和自己無緣啦！

「我若沒記錯，根據中華民國民法規定，只要未成年人的法定代理人同意，女方只要滿十五歲即可訂婚、十六歲就能結婚了。」

洛伊一臉正經地回答著，而且他還將「法定代理人同意」這幾個字唸得特別清楚，這讓此時窩在棉被裡當縮頭烏龜的羽芊不由得心頭一驚，一個不祥的念頭使她開始寒毛倒豎。

不會吧，難道他想要……

「混帳東西！難道你想收買我老爹嗎？」羽芊憤怒地從床上跳起，但棉被依舊裹在身上。「要是他敢把我賣掉，我就離家出走給你們看！」

嘖，這丫頭腦袋還真是機靈，果然舉一就能反三啊。洛伊內心不斷發出嘖嘖的讚嘆聲，對於自己一等一的好眼力感到相當自豪。

「既然如此，那妳只要乖乖嫁給我不就沒有所謂的賣掉問題了嗎？反正不管妳逃到哪裡我都有辦法掌握到妳的行蹤，妳就放棄吧，我最親愛的新娘子。」

「你你你你你……你這個該死的跟蹤狂！」

已經氣到說不出話來的羽芊完全啟動自暴自棄模式，用棉被蓋住頭的她直接背對洛伊完全不想和他說話，但過了一會兒後，她突然轉過身來怯怯地拉下棉被，露出那雙有如小鹿般清澈嬌羞的大眼看著對方。

「喂，那個……我未來若是嫁給你，那我選擇要繼續當人類哦，這樣你可以接受嗎？」

「我說過，我永遠尊重妳的決定。」洛伊笑了起來，微微露出的兩顆尖牙就和人

類的虎牙一樣可愛。

「可是我的壽命和你比起來短很多耶，以後如果我死了那你該怎麼辦？」

「我會去找妳啊。」他摸了摸羽芊的頭，眼神溫柔得和羽芊模糊記憶裡的那個人一模一樣。「不管妳以後轉世成哪個人，我都會在輪迴中尋找妳的影子，即使妳變成一條河還是一顆石頭，就算走遍天涯海角，甚至花上我無數的歲月，我都一定會找到妳。」

不管我是否記得你，你都會來找我，是嗎……

內心最柔軟的地方彷彿被觸動般，羽芊再度將自己用棉被蓋起來，雙眼早已佈滿淚水。

也許，每個人的心裡都曾渴望過，一旦哪天自己不在世時，至少還能被自己所愛的人記住，縱使不再有人開口提起，只要願意將屬於自己的身影與回憶深藏在心中，那就足夠了。

原來，她要的愛也是一種自私呢。

突然，羽芊聽見房內傳來一陣詭異的聲響，原本她是可以忽略的，但這聲音似乎

察覺到可能有人發現它的存在，因此它都在羽芊起疑前迅速消失，這奇怪的情況讓她決定二話不說直接掀開被子跳下床，仔細傾聽聲音來源。

根據羽芊的猜測，那很像是輕微撞擊或者擠壓物體後所產生的聲音，當她環視房間一圈後，眼尖的她突然發現另一端的牆壁上竟然還有一扇不甚起眼的小門，而且還三不五時出現輕微震動，這讓羽芊十分肯定發出怪聲的元凶鐵定就來自那裡。

門後到底有什麼呢？羽芊狐疑地往門的方向移動，還刻意放輕腳步。

也許打開後就知道了。

就在她迅速轉動門把的瞬間，那令人措手不及的速度讓趴在門上的三道人影猶如疊羅漢般直接向前倒下，當四人的目光彼此交接在一起時，大家的眼睛都瞪得比銅鈴還要大，名為尷尬的氣氛馬上就此蔓延。

「……你們……什麼時候站在那裡的？」羽芊吞了吞口水，有些手腳不協調的比了比門的位置。

見到這般場景，雅若此時也只能呵呵的乾笑幾聲，打算只用幾句話來迴避如此尷尬的場面，雖然她不是一個喜歡聽八卦或者八卦別人的人，不過她相信正常人遇到

這種情形時都還是會盡可能地說些善意的謊言。

「從『我未來的新娘還真是一點都沒變』這句開始。」

非常不湊巧的，宛竹和啟暉兩人非常誠實地默默說出正確解答，而他們的行為讓哭笑不得的雅若差點從他們的頭直接巴下去。

你們這種時候可以不要這麼誠實好嗎！禮義廉恥的「恥」字拜託你們一定要懂否則顧炎武會哭死啊！

欲哭無淚的雅若現在比任何人都還要想哭，望著已經在原地石化好一陣子的羽芊，她真心覺得自己這輩子最大的錯處，就是相信宛竹和啟暉兩人有機會朝正常人的目標邁進啊。

就在雅若絞盡腦汁該怎麼面對現實時，病房門口突然衝進一個人影直接往羽芊身上撲去，而雅若一行人也因為這突如其來的小插曲頓時化解了這場尷尬。

「羽芊羽芊羽芊我這幾天真的好想妳喔，我聽老師和班上同學說妳受傷住院了，害我擔心妳是不是又因為練田徑受傷了。」

盈瑩像隻無尾熊一直死抱著羽芊不放，或者說根本就是將全身重量直接掛在對方

身上，再加上目前羽芊的石化狀態一時之間尚未解除，乍看之下儼然就是一棵聳立的尤加利樹。

「羽芊，妳為什麼都不說話呢？還是說妳連聲帶都受傷了？噢不，這麼一來我就再也聽不到妳美妙的聲音了。」她的眼瞳開始蒙上一層水霧，彷彿這件慘事其實是發生在她身上。

……雖然我們很感謝妳的出現，但我說盈瑩啊，妳的臺詞會不會太戲劇化了些？雅若心裡再度默默吐槽一遍。

「盈瑩，話說回來妳真的知道缺氧窒息是怎麼一回事嗎？我……咳咳……我……我快不能呼吸了……」

也許是見到盈瑩後終於開始進入狀況，也有可能是基於生命安全不得不讓意識回歸，總而言之現在的羽芊已經出現性命堪憂的顧慮了，這讓她不得不將所有的注意力擺在生命的第一陣線。

「哇，原來妳沒事啊，真是太好了。」開心的盈瑩總算適時鬆開她的手，改成以手拉手轉圈圈的方式來表達她的喜悅。

或許是因為處於生命威脅下特別有所感觸，有別於對方歡樂的情緒，臉色終於恢復正常的羽芊在咳了好幾下後，馬上在盈瑩面前變身成黑暗大魔王，非常語重心長的說出這番話。

「下次妳要是再做出相同的舉動，我可以合理懷疑妳想謀殺我嗎？」

「好啦，我下次不會了嘛。」

她俏皮地吐了吐舌頭，等別過頭後這才發現原來現場除了羽芊外還有其他人在。

「咦，雅若，原來妳也偷偷蹺課來探病啊。可是不對啊，宛竹、啟暉，我聽說你們兩個受了重傷耶，既然如此那怎麼可以不乖乖躺在病床上休息呢？快快快，我扶你們回床上躺好！」

就像母親帶小雞的逗趣畫面，盈瑩很理所當然地被喚醒沉睡已久的救護魂，賣力捲起袖子的她幾乎是一個口令一個動作打算將兩人送回床上。

只不過，她似乎沒有察覺所謂受了重傷的病患竟然還能在她面前活蹦亂跳就是了。

想當然耳，宛竹及啟暉此時一定對只能回到床上躺好這件事感到相當不情願，因此他們很有默契地先放下對彼此的成見，正大光明地在盈瑩面前交頭接耳起來。就在

兩人正不斷集思廣益該如何說服對方時，誰也沒料到一向遲鈍的盈瑩此時此刻竟然開始環視四周，目光最後落在羽芊試圖降低他強烈存在感的那一人身上。

而這樣的舉動，嚇得站在一旁的羽芊手心差點沁出一絲冷汗，一時之間完全不知道該如何向她介紹眼前的人物才好。

呃……對方只是個和她擁有十分單純關係的病友兼並肩作戰的好夥伴？……不對！這樣的介紹怎麼看關係都不單純好嗎！

就在羽芊幾近崩潰的進行腦力激盪時，盈瑩突如其來的一句話霎時跌破眾人的眼鏡，也讓在場的羽芊臉徹底綠了。

不，正確來說是「青損損」才對。

「姐夫！你要我幫羽芊帶的雞精這幾天會送過來，我預估這次的量喝上半年都沒問題，到時羽芊身體的調養就麻煩你了。」

盈瑩高興地舉起手向洛伊報告事情處理的進度，最後還向對方深深一鞠躬，行的是九十度的彎腰。「萬事拜託了。」

「沒問題。」

洛伊比了個「ＯＫ」的手勢，似乎在羽芊不知情的情況下完成了某種祕密協定。

「……等等，妳妳妳妳妳……妳是在叫誰姐夫啊啊啊啊啊——」

再一次，羽芊崩潰地抱起頭想鑽個洞躲進去。

「還會有誰，當然是他啊。」盈瑩困惑的指著洛伊，彷彿這是件很理所當然的事情，是羽芊太愛大驚小怪了。「從小到大妳總是像大姐姐一樣那麼照顧我，所以姐姐的未婚夫當然是姐夫啊，有什麼不對嗎？」

……孩子，這已經是邏輯問題了。現場有三個人在心中默默想著。

「……你們認識？」

羽芊再度挑戰可能不會太受打擊的難度，只可惜，她完全選錯了。

「喔喔喔，其實羽芊妳不知道吧，上個禮拜我其實有來探望妳呦，但妳好像出去買午餐了，所以我只好乖乖回家，結果竟然不小心在醫院裡迷了路，害我差點哭出來，不過幸好半路上有遇見姐夫。話說回來姐夫人很好耶，送我到醫院大門口時還給了我最愛吃的巧克力呢！」

「哦，還給了妳巧克力啊……不對！洛伊你這個大混帳竟然敢用甜食收買我的好

朋友！你這個卑鄙無恥下流的小人！」

羽芊憤怒地看向洛伊，而後者依然是老神在在的模樣，還不忘比出一個勝利手勢，完全不怕自己裝病的事情可能會事跡敗露。

「知己知彼，百戰百勝。」這是他下的最終結論。

「知你的大頭鬼啦！把我對你的關心通通還回來！」

「傲嬌，據說是現在人類很流行的一個詞彙。」

「這種事你不需要知道！」

就這樣，他們兩人開始了看似無止境兼鬼打牆的無意義爭吵，只不過不同的是洛伊看起來十分氣定神閒，反而一直被逗得氣呼呼跳腳的卻是羽芊啊。

就在不知不覺的情況下，宛竹和啟暉已經偷偷拉著雅若及盈瑩回到了自己的病房，剛開始雅若還感到有些錯愕，但看見兩人沿途伸手向自己比了個「噓」後，明白兩人貼心舉動的她忍不住笑了出來，最後輕輕把門關上將屬於他們的空間還給對方。

也許，在將來的日子裡她還得面臨諸多挑戰。

也許，如此吵吵鬧鬧的生活會成為她每日必須面對的新課題。

也許，她藏於內心深處的心結會伴隨死神的身分永遠無法解開。

即使如此，只要有那兩人在，她就不必擔心自己總有一天會被憎恨的力量反噬。

她已經不再是孤單一人了。

人生至此，夫復何求。

釀冒險11 PG1687

緋色輓歌

作　　者	燈　貓
插　　畫	猫ビール
責任編輯	徐佑驊
圖文排版	周政緯
封面設計	王嵩賀

出版策劃	釀出版
製作發行	秀威資訊科技股份有限公司 114 台北市內湖區瑞光路76巷65號1樓 電話：+886-2-2796-3638　傳真：+886-2-2796-1377 服務信箱：service@showwe.com.tw http://www.showwe.com.tw
郵政劃撥	19563868　戶名：秀威資訊科技股份有限公司
展售門市	國家書店【松江門市】 104 台北市中山區松江路209號1樓 電話：+886-2-2518-0207　傳真：+886-2-2518-0778
網路訂購	秀威網路書店：http://www.bodbooks.com.tw 國家網路書店：http://www.govbooks.com.tw
法律顧問	毛國樑　律師
總 經 銷	聯合發行股份有限公司 231新北市新店區寶橋路235巷6弄6號4F 電話：+886-2-2917-8022　傳真：+886-2-2915-6275

出版日期	2017年05月　BOD一版
定　　價	280元

Printed in Taiwan

國家圖書館出版品預行編目

緋色輓歌 / 燈貓著. -- 一版. -- 臺北市 : 釀出版, 2017.05
面； 公分. -- (釀冒險 ; 11)
BOD版
ISBN 978-986-445-191-3(平裝)

857.7 106003962

讀者回函卡

感謝您購買本書，為提升服務品質，請填妥以下資料，將讀者回函卡直接寄回或傳真本公司，收到您的寶貴意見後，我們會收藏記錄及檢討，謝謝！如您需要了解本公司最新出版書目、購書優惠或企劃活動，歡迎您上網查詢或下載相關資料：http:// www.showwe.com.tw

您購買的書名：________________________________

出生日期：________年________月________日

學歷：□高中（含）以下　□大專　□研究所（含）以上

職業：□製造業　□金融業　□資訊業　□軍警　□傳播業　□自由業

　　　□服務業　□公務員　□教職　□學生　□家管　□其它_____

購書地點：□網路書店　□實體書店　□書展　□郵購　□贈閱　□其他

您從何得知本書的消息？

□網路書店　□實體書店　□網路搜尋　□電子報　□書訊　□雜誌

□傳播媒體　□親友推薦　□網站推薦　□部落格　□其他__________

您對本書的評價：（請填代號　1.非常滿意　2.滿意　3.尚可　4.再改進）

封面設計____　版面編排____　內容____　文／譯筆____　價格____

讀完書後您覺得：

□很有收穫　□有收穫　□收穫不多　□沒收穫

對我們的建議：________________________________

____

____

____

請貼
郵票

11466
台北市內湖區瑞光路 76 巷 65 號 1 樓
秀威資訊科技股份有限公司 收
BOD 數位出版事業部

(請沿線對折寄回，謝謝！)

姓　名：________________ 年齡：________ 性別：□女　□男

郵遞區號：□□□□□

地　址：________________________________

聯絡電話：(日)________________ (夜)________________

E-mail：________________________________

【推薦序】

首先很感謝有榮幸替本書寫推薦，而且又是我很喜歡的吸血鬼題材！不僅僅只有吸血鬼的背景，還涵蓋了死神的存在，以及搭配吸血鬼獵人，將不同的元素融合在一起。

作者燈貓老師將角色的性格描繪十分鮮明，孤獨的死神、聒噪愛鬥嘴的獵人，以及身世充滿祕密的吸血鬼女孩，還有一個帥氣的吸血鬼男主角。

較讓花鈴喜歡的絕對是男主角很認真地跟女主角說了「你是我的新娘」啊，充滿了粉紅泡泡，深情的吸血鬼最令人著迷了！XD

此外，讓我印象深刻的是死神雅若，她其實也是個倔強又讓人心疼的孩子啊，幸好還是讓她遇到了聒噪二人組，如同冰山美人遇到火，都融化啦～XD

Secret圍繞在本書的主軸，從最初的命案直到抽絲剝繭的最後一刻真相大白，似乎帶了點微微的推理。推薦序是不劇透的，當然是由拿到本書的你，趕緊往下看囉！

最後，燈貓老師加油！希望大家會喜歡《緋色輓歌》本書唷～

花鈴　二〇一七年四月十八日